Maria Ferrer Payeras

Una cita antes de Navidad

SERIE *Navidad en Bethlehem* I

Título: Una cita antes de Navidad

Primera edición, diciembre 2023
Imágenes de portada: Adobe Stock.
Corrección: Érika Gael
Diseño de portada: Marien F. Sabariego (ADYMA Design)
Maquetación: Marien F. Sabariego (ADYMA Design)

Para los Grinch,
¿a ver si esta va a ser vuestra Navidad?

Índice

Prólogo

En el trayecto hacia casa mi enfado ha ido creciendo de forma exponencial. No me puedo creer lo que me ha sucedido hace solo un rato. Es totalmente cierto eso de que la realidad supera a la ficción, pero cómo jode cuando te ocurre algo así a ti.

Subo los tres escalones que conducen al porche de mi casa, en Bethlehem, golpeando el suelo con tanta fuerza que me hago daño en las plantas de los pies.

De mi garganta emerge un chillido histérico cuando poso mis ojos en la guirnalda navideña que adorna la puerta roja de la entrada, la cual, a estas alturas, aún debería lucir desnuda y lisa como el culito de un bebé.

Abro con tanto ímpetu que la hoja impacta contra la pared.

—¿En serio, Louise? —le espeto a mi hermana, que me mira con cara de espanto—. Por favor, si solo estamos a uno de diciembre. —Cuelgo, no sin cierta dificultad, el abrigo y la bufanda en el perchero de la entrada, que ya se encuentra abarrotado de prendas de invierno—. La Navidad no es hasta dentro de casi un mes.

—¡Uy! Intuyo que tu cita no ha ido todo lo bien que esperabas —contesta ella, antes de dar un sorbo a la taza que sostiene en las manos, y que imagino llena de chocolate caliente con un montón de nubes.

—¿Una cita? —Mi hija se asoma al recibidor con una guirnalda plateada en la mano y la mandíbula desencajada—. ¡Mamá! ¿Has quedado con alguien y no me has contado nada?

La traidora de mi hermana se da la vuelta y empieza a subir los peldaños que llevan al piso de arriba, aunque se detiene a mitad de escalera y se pone a canturrear a voz en grito:

—¡Pam, baja, que Maggie acaba de llegar y viene contenta!

Cierro los ojos y me llevo los dedos al puente de la nariz. No me puedo creer que haya acabado viviendo en una casa que parece el camarote de los hermanos Marx.

Mi cuñada baja los escalones de dos en dos para correr a mi lado.

—¡Dime que el tal CR7 estaba tan bueno como Cristiano Ronaldo! —Cuando se da cuenta de lo enfadada que estoy, pone morritos y me suplica—: Al menos, confírmame que era brasileño, anda. No mates mi ilusión.

—Cristiano Ronaldo es portugués, no brasileño —salta mi hija.

—¿Portugal no está en Brasil? —le responde Pam, con toda la inocencia del mundo.

Me llevo dos dedos al puente de la nariz. Me está entrando dolor de cabeza, y, sumado al cabreo del quince que arrastro desde que he salido del centro comercial, estoy a punto de estallar.

—Mamá, ¿qué te pasa? ¿Te encuentras bien? —Geena se acerca a mí y me sujeta por un codo para llevarme hasta una de las butacas del salón.

Al traspasar el umbral que separa este del vestíbulo, mis ojos recalan en el enorme árbol de Navidad que se yergue justo frente a la ventana, la que da al porche delantero. Pienso en el esfuerzo que habrán tenido que hacer estas tres para traerlo hasta aquí, desde donde sea que lo hayan comprado, y eso casi logra enternecerme. Solo casi. Hasta que recuerdo que odio la Navidad, y la de este año en concreto, mucho más que cualquier otra.

Me dejo caer en el sofá como un saco de patatas y escondo la cara entre las manos.

—Hija, te quiero muchísimo. —Mi voz brota cavernosa entre mis dedos cerrados.

—¿Pero...? —Ella se hace la inocente, igual que su madrina hace un rato.

—Pero ¿por qué no montas el árbol en tu propia casa y me dejas a mí tranquila? Sabes lo poco que me gustan estas fechas.

Geena abre mucho los ojos. No la veo, pero la conozco; a ella y cada uno de sus matices. Y por eso estoy segura de que sus redondos ojos negros, tan parecidos a los de su padre, lucen aún más redondos que de costumbre. La blanca piel de su rostro se habrá puesto ligeramente colorada, otorgándole, de una forma que no alcanzo a comprender, un aire entre indignado y compasivo.

—Mamá, ya sabes que tengo intención de salir de tu casa el día de mi boda. Si tengo que esperar a que tú montes el árbol para entonces, estoy apañada. Y ya te aviso de que pienso pedirle al fotógrafo que tome el noventa por ciento de las instantáneas justo donde estás sentada, para que se vean bien los adornos de Navidad. Además, antes te encantaban estas fiestas. Papá...

—No me hables de tu padre. Ni se te ocurra mencionarlo en mi presencia.

—No puedes seguir toda la vida enfadada con él, mamá, no...

Elevo la cabeza y las cejas. Cuando veo que abre la boca para replicar, levanto un dedo y la señalo, acusadora.

—Algún día tendrás que...

—Ese día no será hoy, Geena. No voy a hablar de tu padre contigo, ni con nadie. Incumplió su trato, y punto.

La miro a la cara y ahí está ese gesto de determinación, tan idéntico al de su padre, que casi me hace llorar, pero no voy a dar mi brazo a torcer. Phil no cumplió su parte del acuerdo y estoy muy enfadada con él por eso.

—Dejaos de tonterías las dos. Tú, cuéntanos qué ha pasado en la cita y, sobre todo, por qué te has mosqueado tanto. —Mi hermana se sitúa entre nosotras. Sabe cómo suele acabar esta discusión.

—¡Mamá! ¿Estás buscando a alguien con quien venir a la boda? Porque no imaginas lo feliz que me haría eso. Papá...

—Dime que era tan guapo de cara como presagiaban sus abdominales —la interrumpe Pam, antes de que empecemos de nuevo con el tema de Phil.

—¡Madrina! Que está tu mujer presente. Al menos, disimula un poco —la reprende Geena, con una voz tan aguda como la que me sale a mí cuando estoy nerviosa. No hay nadie en el mundo como ella para darle un giro a cualquier conversación.

—Mi mujer sabe perfectamente que ella me gusta mucho más que ningún tío que habite la Tierra —dice, mientras le guiña un ojo a mi hermana—. Pero también conoce mi debilidad por una tableta de chocolate bien trabajada.

Louise la besa en los labios. Sé que a ambas les costaba compartir muestras de cariño en público cuando vinieron a vivir a mi casa. A veces añoro aquellos primeros días, cuando se mostraban cohibidas ante Geena y yo.

—¿Vas a contarnos por qué estás tan cabreada o necesitaremos sacarte la información a golpes? —Mi hermana se sienta a mi lado y me frota la espalda. Sus palabras suenan afectuosas, a pesar del sarcasmo que llevan implícito.

—Ha sido todo un desastre —digo—. Todo. Desde el minuto uno.

Capítulo uno

Una cita antes de Navidad

Viernes, diecisiete de noviembre.
Quince días antes

¿Sabes qué te vendría bien, hermanita?

—Ilumíname.

Me siento en el sofá, entre Pam y ella. Cojo un puñado de palomitas tan grande que casi vacío el bol.

—¡Oye, no seas gorrona! —Mi queridísima cuñada retira el cuenco y lo coloca lo más lejos posible de mí.

—Lo que te hace falta es tener citas.

—No empieces con eso tú también, por favor, Louise. Con la lata que me está dando Geena para que vaya acompañada a su boda tengo más que suficiente. No necesito que nadie más…

—¡No me refiero a una cita de esa clase, tonta del culo! —Pongo los ojos en blanco. La mala educación de mi hermana es legendaria—. A lo que yo me refiero es a que salgas con alguien, eches un polvo y vuelvas a casa de buen humor.

—Eso sí que me da pereza —refunfuño, justo antes de meterme casi todas las palomitas en la boca.

—Te recuerdo que en menos de una semana el pueblo se va a llenar de luces de colores, árboles navideños, guirnaldas de espumillón...

—Calla, calla, ni me lo recuerdes. —No puedo evitar ponerme a temblar ante su comentario.

—Pues, me parece a mí que follar va a ser lo único que te ayudará mínimamente a afrontar las fiestas de este año. Si entiendes lo que te quiero decir. —Pam siempre a favor de todo lo que proponga mi hermana. Faltaría más. Si alguien la oyera, no se creería que ha sido mi mejor amiga desde el jardín de infancia. Y Dios sabe que ya ha pasado muchísimo tiempo desde que dejamos atrás ese periodo de nuestras vidas.

Me hundo en el sofá. ¡Menuda mierda!

Año tras año, desde que Phil me abandonó, estas fechas han sido lo más duro de sobrellevar. Él era el más navideño de los dos: a principios de diciembre, se convertía en algo parecido a un hombre de jengibre y no recuperaba su forma normal hasta el dos de enero. Los villancicos sonaban en casa desde las seis de la mañana y hasta que nos íbamos a la cama; montaba un árbol enorme delante de la ventana que da al porche y se pasaba días decorándolo; mandaba un millón de felicitaciones; la cantidad de luces de colores con que adornaba la fachada amenazaba con tirar abajo la casa… «Vivimos en Bethlehem, mi vida. Si nosotros no demostramos al mundo qué son las fiestas navideñas, ¿quién lo hará?».

Phil era quien iluminaba cada rincón de la casa con su presencia. El motivo por el cual la niña ha decidido casarse el veinticinco de diciembre. Y por el que a mí me jodió la vida cuando me dejó.

—¿Por qué no abres una cuenta en una de esas aplicaciones de citas? —Louise no va a parar hasta que le dé un corte, como si lo viera. Y no sabe lo cerca que estoy de contestarle de mala manera.

—¿De qué habéis dicho que va la peli que estáis viendo? —Opto por cambiar de tema, a ver si así me dejan en paz de una vez.

—Se titula: *Una cita antes de Navidad,* que es lo que tú deberías tener. Y desde ya te aviso —mi hermana me mira muy seria mientras me apunta con un dedo—: o la abres tú o te la abro yo. Elige.

—Y yo pienso ayudarla. Sé qué tipo de tío te pone, Maggie. No lo olvides. —Pam habla sin perder de vista la pantalla.

—Traidora —mascullo. Después, continúo con mis maniobras para cambiar de tema—: ¿No os apetece más ver *Qué bello es vivir*? Con esa tenemos lagrimones asegurados.

—Venga, elige cualquiera. Me refiero a una aplicación de citas, no a una peli —le dice Pam a mi hermana, y le tiende su propio teléfono. A continuación, apaga el televisor y se sienta en el suelo, a mis pies.

Louise trastea un rato con el móvil de su mujer hasta que encuentra una que le gusta lo suficiente. Me inscribe en ella y pregunta:

—Empecemos por algo fácil. ¿Qué foto quieres poner? Esa que te hizo Geena, en la que estás a contraluz, me encanta.

—Si ya lo has decidido tú, ¿para qué preguntas? —Sigo enfurruñada y pretendo demostrárselo. Aunque soy consciente de que, haga yo lo que haga, esta locura ya no la para nadie. Cuando las dos se compinchan en mi contra, siempre salgo perdiendo.

—Dame, a ver. —Pam le arranca el teléfono de las manos—. «Rasgos físicos» —lee—. Pelo largo, ondulado. —Las palabras salen de sus labios conforme las teclea—. Ojos de color negro, preciosos cuando me río. Boca generosa, sin ser un buzón.

—¿Cómo mierdas vas a escribir eso? —Louise tira del teléfono hasta recuperarlo—. «Boca generosa» me gusta. Lo demás, lo quito. «Figura»...

—¿En serio pide que introduzcas ese dato? Estamos en el siglo veintiuno, por Dios; me parece extremadamente machista. Ya puedes borrar mis datos de esa aplicación. No iré a ninguna cita que salga de ese invento del patriarcado más rancio...

—Vaya si irás. —Pam no me deja terminar la frase—. El teléfono es mío y voy a hacerme pasar por ti. Así que, cuando yo te diga, saldrás a la calle, pillarás un taxi y follarás con el tipo que yo decida. —Se pone en pie. Con los brazos en jarras y su pelo afro alborotado, da un poquito de miedo, pero no a mí, para nada. La conozco demasiado.

—Ni loca —le contesto, imitando su pose—. Si la que me escogiera una pareja fuera Louise...

La carcajada de mi hermana me interrumpe.

—Cariño, al menos aquí, mi mujer —la señala—, es bisexual. A mí los tíos me parecen todos iguales. Te aseguro que es mejor que sea Pam quien elija a tu cita.

Inspiro hondo y me dejo caer de nuevo en el sofá.

—Sabéis que, a pesar de ser dos de las tres personas a quienes más quiero en el mundo, ahora mismo os odio con todas mis fuerzas, ¿no?

—Claro que sí, guapi. Aunque presumo que no tardarás mucho en darnos las gracias. —Pam le guiña un ojo a mi hermana y yo las dejo por imposibles.

—«Figura» —repite Louise, retomando el asunto donde lo había dejado—. «Alta, esbelta; hago ejercicio de forma regular desde que era niña»... No, esto no me gusta. Lo dejaremos en «alta y esbelta».

Siguen así durante un buen rato. A pesar de que no meto baza, me anoto mentalmente lo que van escribiendo sobre mí en esa dichosa aplicación. Tengo que acordarme de eliminarla en cuanto acaben de hacer el tonto. Menos mal que Pam siempre se olvida el móvil en cualquier lugar y no me resultará difícil hacerme con él.

—«Carácter» —prosigue mi hermana—. «Soy afable, generosa y muy amiga de mis amigos». —Demasiado manido para mi gusto. ¿Qué significa ser amigo de tus amigos?

¿Acaso alguien puede ser enemigo de sus amigos? Eso sería un *amienemigo,* ¿no?—. «Aficiones»... —Mi hermana se da toquecitos con un dedo en el labio inferior, como hace siempre que está pensando.

—Salir a correr —Pam es más rápida esta vez—, las carreras de Fórmula 1, los pasteles de chocolate. —Estas dos no tienen ni idea de lo que están hablando. Una tarta no puede ser una afición, a no ser que la prepares tú misma, y yo no sé ni qué color tiene la encimera de la cocina.

Cuando Phil se fue, me faltó un pelo para morir de inanición. Pam y Louise se convirtieron en mis salvadoras al trasladarse a vivir conmigo. Al principio, las mandaba a la mierda cada vez que se inmiscuían en mi vida, que era cada cinco minutos o así, pero poco a poco me acostumbré a tenerlas a mi alrededor, a que cuidaran de mí, me mimaran y me aseguraran que saldría adelante. Sí, de no ser por ellas, lo más probable es que me hubiese vuelto majareta.

—«Edad» —oigo que dice mi hermana.

—Pon treinta y cinco —le ordena Pam.

La cara de Louise es un poema. Seguro que la mía refleja la misma expresión de escepticismo.

—Chica, me conservo bien, y te agradezco el piropo, pero de ahí a quitarme quince años... ¡Como que no!

—Vamos, Maggie, todo el mundo miente acerca de la edad.

—Sí, ya lo sé. Pero esto se parece demasiado al chiste de la piscina.

Mi hermana respira profundo; ya sabe qué es lo que se avecina. Pam no tarda ni dos segundos en exclamar:

—¿Qué chiste?

—Vamos, cariño, si nos lo ha contado un millón de veces. No quiero escucharlo de nuevo, por favor.

—«Señor, no puede usted mear en la piscina» —empiezo, antes de que mi hermana consiga acallarme—. El tipo lo mira y le dice: «Todo el mundo lo hace». Y el otro contesta: «Sí, pero no desde el trampolín».

Pam se desternilla antes incluso de que yo acabe de contarlo.

—Es verdad que ya lo conocía, pero es que me parto con tus chistes.

—No lo entiendo, parece como si nunca se lo hubieses contado. Es que no me lo puedo creer —refunfuña mi hermana, mirándonos alternativamente a su mujer y a mí.

—Vale, entonces, pon treinta y ocho. ¿Mejor así? —Es Pam quien tiene ahora el teléfono. Lo gira hacia mí para que revise el resultado de su intervención.

—Basta ya de jueguecitos —digo, e intento apropiarme del terminal, sin éxito.

—¡«Enviar»! —La cara de mi mejor amiga/cuñada se asemeja tanto a la de Daniel *el Travieso* que casi me hace reír. Hasta que me doy cuenta de que de verdad ha publicado mi perfil en la red y de que cualquiera con acceso a la aplicación puede leerlo.

Estas dos van a por todas, y mi ansiedad se dispara al máximo.

—¿Estás loca? Borra eso ahora mismo.

—¡Ni por todo el oro del mundo! —Observa la pantalla del móvil sin pestañear siquiera—. Te están empezando a dar *like* un montón de tíos guapos. Esta oportunidad no la vas a desperdiciar. Madre mía, no puedes imaginar la ilusión que me hace escoger al próximo tío que te vas a tirar.

Dicho esto, se dirige a la cocina canturreando algo ininteligible, más feliz que una perdiz y dejándome a mí con el estómago en un puño.

Capítulo dos

No pienso ponerme ese vestido

Viernes, veinticuatro de noviembre

Ni loca voy a la cita con el vestido que Pam ha sacado de mi armario y me ha obligado a probarme. Pero ni loca, vamos.

He aceptado salir con un tío esta noche. Incluso he consentido que ella lo eligiera y que solo me dijera de él que se llama Asher. La muy capulla me ha guiñado un ojo al pronunciar el nombre.

Lo que ocurre es que, en el instituto, yo estaba colada por el *quarterback* del equipo, un tipo llamado Asher Jones, quien, además de ser guapísimo, pasaba de mí como de la mierda (hablando mal y pronto). Era un prepotente y un engreído; claro, que en aquella época yo no era consciente de ello. Fue al crecer cuando me di cuenta del tiempo que había perdido pillada por un tipo como él. Y, cuando conocí a Phil en la universidad, descubrí que ningún otro le llegaba ni a la suela de los zapatos. Me temo que tampoco lo hará ningún otro después de él.

Sin embargo, volviendo al tema anterior, ahora me encuentro en el aprieto en el que me hallo porque mi querida *amicuñada* me ha concertado una cita con este tío por una sola razón, como si lo viera: que el susodicho comparte nombre de pila con mi amor de juventud. Eso tal vez debería hacerme sonreír, pero no es así. Los nervios me están comiendo viva.

Como sea un callo, la mato. Ni siquiera me ha dejado ver su foto.

No debí prestarme a esta ridiculez, y encima sin saber si el tal Asher me atraerá mínimamente. Aunque también es cierto que Pam sabe con exactitud el tipo de tío que me pone, tanto para un rollete de una noche como para algo más.

—Creo que no deberías probarte más ropa. Ese vestido negro te sienta de escándalo y, encima, enseñas canalillo, que no veas cómo te han crecido las tetas desde que íbamos al instituto, guapa.

—A eso se le llama tener hijos y amamantar, Pam. Y mis pechos estarán más grandes que hace treinta y cinco años, pero también mucho más flácidos. —Me acomodo el sujetador para que el escote no parezca tan pronunciado—. Además, te he dicho que no pienso ponerme este vestido, por mucho que a ti te guste.

—Vamos a consultarle a tu hermana —dice, antes de ponerse en pie de un brinco y asomar la cabeza fuera de mi cuarto—. ¡Louise, sube! Necesitamos tu opinión.

Pongo los ojos en blanco. No tenía que habérmelo probado, estaba claro desde el principio. Ahora Louise vendrá y dirá que está de acuerdo en todo lo que su esposa opine. Siempre es el mismo cuento; no sé ni para qué me molesto.

Creo que, una vez que hayan pasado las dichosas fiestas y la boda de la niña, las invitaré a que regresen a su nido de amor y me dejen sola. Así les tenga que prometer que no cometeré ninguna locura. Si no la he hecho ya...

—Maggie, cariño, estás que lo rompes. Aunque, para mi gusto, vas demasiado arreglada para una cita informal, ¿no crees?

—¡Te lo he dicho! —grito, triunfante. Me saco el vestido por la cabeza y lo tiro sobre la cama, donde reposa el montón de ropa que hemos descartado—. Cuando te pones de mi parte, te quiero más que nunca.

Mi hermana niega con la cabeza y, después, pregunta:

—¿Por qué no te pones esos vaqueros que te hacen el culo respingón?

—¿Estos? —Se los enseño después de rebuscar en el armario.

—¡Esos mismos! —exclama, entusiasmada. Pam chasquea la lengua con disgusto—. Si los complementas con cualquiera de tus zapatos de tacón, seguro que te quedan genial. Además, con ese atuendo resultará más creíble la mentira sobre tu edad.

—Esto es una locura. —Me siento en la cama y me tapo la cara con las manos—. No sé en qué momento habéis conseguido convencerme de que os siga el juego, pero hasta aquí he llegado. No pienso acudir a esa cita. Me da igual lo que digáis.

Intuyo, aunque no pueda verla, la mirada que se dirigen. La verdad es que las envidio. Están tan compenetradas que la mayoría de las veces no necesitan hablar para que una sepa lo que piensa la otra.

Louise se sienta a mi lado y me abraza.

—No es necesario que vayas a esa cita si no quieres. Ni Pam ni yo te consideraremos una cobarde si no lo haces...

—¿Intentas manipularme, Louise?

—¡Para nada! ¿Por quién me tomas? —Si su expresión no fuera tan seria, creería que miente, pero la cara que pone me hace dudar—. Se necesita mucho coraje para aceptar una cita a ciegas. Aunque te quedes en casa, nosotras —señala a Pam y luego a sí misma— te conocemos lo suficiente como para que no necesites demostrar nada.

Lo que dice es cierto; aun así, me ha picado la moral. No hace falta que pruebe ante nadie lo fuerte que soy. No obstante, no puedo consentir que estas dos piensen que me he amilanado. ¡Voy a ir! Y les demostraré que sigo siendo la misma de siempre. Una mujer decidida y que confía en sí misma.

—Los combinaré con la blusa rosa palo que tiene volantes en las mangas. Es sexi y moderna al mismo tiempo —digo, con energía renovada, mientras me pongo en pie para cambiarme de ropa.

Pam aplaude mi decisión con entusiasmo y mi hermana sonríe de forma beatífica.

Un momento, ¿seguro que Louise no me ha manipulado? Porque estoy haciendo justo lo contrario de lo que pensaba hacer. En serio, tengo que deshacerme de estas dos. Cuanto antes, mejor.

Me he maquillado muy poco; como bien ha dicho Louise, se trata de una cita informal. Asher Comosellame y yo hemos quedado en una cafetería, a plena luz del día, así que no creo que haya motivo para ir pintada como una puerta.

Llego a Caty's Place diez minutos antes de lo acordado. Soy puntual por naturaleza y, además, por mucho que Pam se haya cansado de alabar el sitio, quiero examinarlo con mis propios ojos.

En cuanto me bajo del taxi y poso la vista en la fachada de estilo *art decó*, me enamoro del establecimiento. Muy mal tiene que estar el interior para que me haga cambiar de opinión. Si es que me quejo de vicio: Pam me conoce mejor que yo misma.

En cuanto traspaso el umbral, me siento transportada en el tiempo y el espacio. Es como si hubiesen trasladado, ladrillo a ladrillo, uno de esos cafés parisinos antiguos que me gusta ver en las revistas. Con sus mesas pequeñas, redondas y con superficie de granito blanco, flanqueadas por sillas de madera oscura. Hasta el ajetreo a mi alrededor suena más chic que en cualquier bar normal.

Me instalo en una de las mesas más próximas al ventanal que da a la calle y me quito el chaquetón. ¡Hace calor aquí dentro! Al poco rato, me siento tan cómoda que he olvidado que tengo una cita y lo nerviosa que estaba a causa de ello.

No pasa mucho tiempo antes de que un camarero se acerque a preguntarme si quiero tomar algo. Durante unos segundos, me pregunto si será de muy mala educación pedir antes de que llegue el tal Asher, pero, tras un ligero vistazo a mi reloj, me percato de que el tipo llega cinco minutos tarde. Si él puede ser tan descortés como para mostrar tal falta de puntualidad, creo que yo puedo hacer lo propio y pedir algo de beber.

—Un chocolate caliente, por favor. Con muchas nubes por encima. —Le dirijo una sonrisa al chico, que, por cierto, me acaba de subir el ego, ya que no deja de mirarme con embeleso.

A los pocos segundos, oigo unos pasos a mi espalda. Pensando que es el camarero de nuevo, me giro hacia él con una sonrisa. «¿Qué se habrá olvidado?».

—Hola, ¿eres Maggie Cooper?

Toda la sangre huye de mi rostro, para volver a él una milésima después y encender mis mejillas de un rojo intenso.

Capítulo tres

Tu cara me suena

Viernes, veinticuatro de noviembre

Pam me la ha jugado muchas veces en la vida, tantas que ni siquiera sé por qué sigo dirigiéndole la palabra, pero esta se lleva la palma. La voy a matar. Después, la desmenuzaré en trocitos tan pequeños que jamás van a encontrar su cadáver.

Asher Jones me mira con semblante divertido. Aguarda mi respuesta, pero yo soy incapaz de pensar en otra cosa que no sea la jugarreta que me ha gastado la que se supone que es mi mejor amiga.

Es que no se ha limitado a emparejarme con un Asher cualquiera para reírse de mí de forma sutil, no. Me ha concertado una cita con el chico por el que yo bebía los vientos hace más de treinta años. Que ya no es un chico, pero sigue siendo guapísimo, y encima se conserva como un campeón.

Su legendario flequillo negro le cubre aún parte de la frente, y en sus ojos brilla esa chispa de burla mezclada con dulzura que me hacía derretirme entonces. Igual que yo, viste ropa informal: vaqueros, zapatillas de deporte y un polo a rayas que le confiere un aire juvenil muy mono.

Tiemblo de la cabeza a los pies, no sé si por nerviosismo o por haberme dado de bruces con mi adolescencia sin comerlo ni beberlo.

—La cuestión es que tu cara me suena. Estudiaste en el instituto Liberty, ¿verdad? —Me señala con el índice al tiempo que me guiña un ojo.

Mi labio superior asciende un milímetro, como siempre que algo me disgusta. Asher Jones me ha parecido de lo más idiota. ¿Se habrá enterado de que ya no es el rey del baile? En un milisegundo, he pasado de admirarlo a preguntarme seriamente si su gesto ha sido premeditado o es que le sale así de forma natural.

Sea como sea, ya no tenemos quince años, por Dios. Alguien debería decirle que hace eones que dejó de ser el más guay del instituto.

Me pongo en pie y le tiendo mi mano.

—Sí, coincidimos en Liberty hace treinta años o más. Pero no éramos amigos, por si te lo estás preguntando.

—Puede que no lo fuéramos, pero está claro que me tocaste el alma de alguna manera. Tu cara no se me ha olvidado.

—No te ha sucedido lo mismo con mi nombre, ¿verdad? —digo, con retintín.

Asher Jones se ríe y toma asiento en la pequeña mesa que yo he elegido, justo frente a mí.

Recojo el bolso con intención de marcharme sin mirar atrás. Para mi desgracia, el camarero elige este preciso instante para traer mi chocolate cargado de nubes. Inspiro con fuerza. Me gustaría largarme y dejar que Asher Jones pague la cuenta, pero no estoy segura de que lo vaya a hacer, así que abro la cartera para abonar el importe de mi bebida en cuanto el chico posa la taza sobre la mesa que ocupamos. Sin embargo, Asher intercepta mi gesto.

—¿Qué has pedido? —Toma mi taza y da un sorbo—. ¡Hum, chocolate caliente! Otro para mí, por favor —pide al camarero.

—Quédate ese. No te preocupes, a mí se me han quitado las ganas de bebérmelo.

El chico nos mira a uno y a otro con cara de estupefacción. Casi puedo ver funcionar los engranajes de su cerebro, preguntándose si debe traer otra taza o no.

Cuando se marcha, ambos permanecemos unos segundos en silencio. Empiezo a mover uno de mis pies, dando golpecitos en el suelo.

—Tú sí me has reconocido. En mi foto de perfil se veía mi cara, así que ya sabías con quién estabas quedando. No puedo decir lo mismo de ti. —Está reflexionando en voz alta, no se dirige a mí ni a nadie en particular.

—Aunque suene a tópico, fue una amiga mía quien organizó esta cita. No yo. Yo no tenía ni idea de con quién iba a reunirme.

—¡Guau! Debes de confiar mucho en ella para dejar en sus manos un asunto tan delicado.

—Sí, todavía no me explico cómo he sido tan inocente de fiarme de alguien como ella. —«Con amigas como Pam, ¿quién necesita enemigas?».

Asher Jones me mira con intensidad. Cualquiera diría que quiere descifrar mi nombre en la expresión de mi cara. Adivino la sensación que lo embarga ahora mismo: desdén mezclado con excitación. Lo sé porque a mí también suele gustarme un buen reto, aunque no ocurre lo mismo cuando el desafío soy yo.

—¡Maggie Williams! —exclama de repente—. Ahora me acuerdo. Eras la mejor amiga de Pam. ¿Ha sido ella la que te ha hecho quedar conmigo? —Su risa inunda el local. Incluso da una palmada en el aire para aplaudir su buena memoria.

Ahora sí que me marcho. Busco al camarero con la vista y, cuando doy con él, le pido mediante señas que se acerque.

—Dime cuánto te debo, por favor. —Evito a toda costa la mirada escrutadora de Asher Jones.

—¡Venga, Maggie! No irás a marcharte, ¿verdad?

—Lo siento —me disculpo—. Acabo de recordar que…

—Esa excusa ya se la sabe todo el mundo, Maggie —me interrumpe—. Al menos, sé sincera y di que no quieres quedarte un rato charlando conmigo.

—Mira, nunca cruzamos muchas palabras en el instituto y fue por una sencilla razón: no teníamos nada en común. Igual que sucede ahora.

—Bueno, eso no es del todo cierto. —Sonríe. En sus iris despunta ese matiz burlón que adoré en el pasado, y que ahora se me antoja insufrible—. Si no me equivoco, yo te gustaba cuando estábamos en el último curso. ¿A que sí? —Cierro los ojos despacio. Si le explico al juez que maté a Pam porque por su culpa me sentí más humillada que en toda mi vida, seguro que me absuelve—. No hace falta que lo niegues, me lo confesó tu mejor amiga; ¿esa es la que nos ha concertado la cita hoy? —insiste.

—¿Y eso te lo contó antes o después de que te enrollaras con ella en el baile de fin de curso?

—Después, por supuesto. ¿Por quién me tomas?

—Si te lo hubiese dicho antes, la hubieses rechazado a ella para venir en mi busca, ¿verdad? —Tomo aire. Al fin y al cabo, eso pasó hace treinta años. Perdoné a Pam hace siglos, no entiendo por qué todavía estoy resentida con él.

Durante un segundo, veo la duda despuntar en el fondo de sus ojos, pero es tan fugaz que concluyo que han sido imaginaciones mías. Enseguida ese brillo granuja vuelve a reinar en ellos, y Asher Jones, a mostrar la ironía de siempre.

—Puede que no. Quizás, si me lo hubiera contado antes de que la besara, sí que te hubiese buscado, y el rollete lo habría tenido contigo y no con ella.

—Sigues siendo el mismo niñato soberbio del instituto, Asher Jones. ¿No te parece que va siendo hora de que madures?

Me pongo en pie para largarme. Sin embargo, se nota que los años de atrapar balones al vuelo le han servido de algo, porque él me agarra la muñeca con suavidad, tan deprisa que no lo veo venir.

—Vale, lo pillo. Solo has quedado conmigo para poder insultarme a gusto. Aunque, si tú quieres, no me importaría en absoluto enmendar ese pequeño error del pasado hoy mismo.

Fijo mis pupilas en su mano al tiempo que un rictus de asco se dibuja en mi boca. Él me suelta con rapidez, como si se hubiera quemado. Quiero pensar que mi mirada le ha escocido, pero sé que es poco probable.

Me encamino hacia la salida con la cabeza alta, oteando el exterior. No pienso devolverle la mirada. Si piensa que poniéndome ojitos, como hacía a veces en el instituto, voy a suspirar como entonces, lo lleva crudo. Aunque será mejor no tentar a la suerte.

Cuando ya he asido el pomo de la puerta, oigo su voz jocosa a mi espalda:

—Dale recuerdos a Pam de mi parte, si es que ya la has perdonado.

Capítulo cuatro

De todos los hombres de Bethlehem, ¿tenías que elegirlo a él?

Viernes, veinticuatro de noviembre

¡Pam! —exclama Louise después de que yo le cuente lo que ha sucedido en Caty's Place—. ¿Cómo has podido hacerle eso a mi pobre hermanita? —Por su tono, deduzco que la muy traidora ya sabía con quién me había concertado una cita su mujer.

—Asher Jones está igual de bueno que cuando íbamos al instituto. Además, donde hubo fuego, brasas quedan. ¿No dicen eso?

—Por su culpa, nosotras estuvimos sin hablarnos más de dos meses. Quizás a ti se te ha olvidado, pero a mí no.

—Creo que tu enfado duró bastante más. Si no recuerdo mal, no me dirigiste la palabra hasta el día en que conociste a Phil en aquella fiesta —replica Pam, no sin cierto rencor.

No tiene derecho a sentirse ofendida. Fue ella la que se lio con Asher Jones, el tío que me gustaba a mí. Me pregunto qué hubiera pasado si la situación hubiese sido al revés.

—No metas a Phil en esto. —La señalo con un dedo.

—Por Dios, Maggie, tú y yo compartíamos habitación en la universidad y ni siquiera me saludabas. Phil es mi héroe: gracias a él volviste a hablarme, y solo por eso le estaré eternamente agradecida. No puedes prohibirme que lo adore.

Las lágrimas inundan mis ojos, pero me resisto a dejarlas rodar.

Recuerdo hasta el más nimio detalle de aquel día. La madre de Pam y, sobre todo, la mía se habían empeñado en que debíamos vivir juntas, en un minúsculo apartamento, en cuanto empezáramos la universidad en septiembre, pese a que yo no le dirigía la palabra a mi amiga desde su traición durante el baile de fin de curso.

No hace falta decir que me opuse con todas mis fuerzas; sin embargo, como nunca desvelé el motivo de mi enfado, ni mi madre ni la señora Smith dieron el brazo a torcer. Se obstinaron en llevar a cabo el plan que Pam y yo habíamos trazado de seguir juntas más allá de la secundaria. Y cuando a esas dos se les mete algo en la cabeza, ¡menudas son!

En una fiesta de nuestra facultad, unos compañeros me presentaron a Phil, y pasé la noche y gran parte de la madrugada charlando con él. Hasta me acompañó a casa.

Cuando llegué, Pam estaba dormida. Sin embargo, yo necesitaba tanto contarle lo que había sucedido que, de un plumazo, se me olvidó que estaba enfadada con ella.

—No me cambies de tema, Pam, y, por favor, dime: de todos los hombres de Bethlehem, ¿tenías que elegirlo a él?

—En cuanto lo vi en la aplicación, pensé que era tu oportunidad para sacarte la espinita.

—¿Qué espinita?

—¡Oh, vamos, Maggie! No niegues que llevas treinta años rumiando qué hubiera pasado si, en vez de conmigo, se hubiese liado contigo.

—¡Por supuesto que no! Ese capítulo lo cerré hace mogollón de tiempo. Jamás habría vuelto a pensar en él si no lo hubiese visto esta tarde.

Louise elige este momento para mofarse:

—No seas mentirosa, hermanita. El otro día te vi derretirte contemplando su foto del anuario.

—¡Eso no es cierto! —salto, indignada—. Además, pongamos que lo fuese. Hoy se me ha caído del pedestal. Por completo. Sigue comportándose como un quinceañero. Con sus gestos, sus palabras y sus insinuaciones inmaduras. No me liaría con él aunque fuera el último hombre sobre la Tierra.

—A ver, Maggie. —Mi hermana extiende su brazo sobre mis hombros y me empuja hacia ella—. No has entendido nada de todo este lío que hemos montado para ti.

—¿Ah, no? Yo creo que sí. Lo que pasa es que os habéis querido cachondear de mí en mi propia cara. No lo neguéis.

—Estoy tan enfadada que, con cada gruñido, escupo gotitas de saliva en todas direcciones.

—¡Que no, gilipollas! ¡Que eres tú la que no se entera de la movida!

—¿Qué es lo que no he entendido? Dime, bonita.

—Todo esto va de echar un polvo, no de encontrar un hombre con el que casarte. —Solo con oír esas palabras, un escalofrío me recorre de arriba abajo. No, nunca podré volver a casarme, eso lo saben hasta en la República Popular China—. Si el tal Asher Jones está tan bueno como no paráis de recalcar, ¿qué problema tienes con llevártelo a la cama? Si os apetece a los dos, ¿qué mal hay en eso?

—El problema es que, por muy bueno que esté, un gilipollas es un gilipollas, y punto.

—Que lo quieres para follar, no para hablar. —Mi hermana saca su vena más macarra cada vez que alguien la contradice.

Inspiro hondo.

—Para mí no es tan fácil. Necesito algo más que un cuerpo y una cara bonita para irme a la cama con alguien.

Pam me mira entre divertida y preocupada.

—Cariño, me consta que Phil ha sido el único en tu vida.

Mi hermana abre mucho la boca. Se ha quedado de piedra con la revelación de su mujer. Quiero a Louise a rabiar, pero ese tema no solemos tocarlo; simplemente, no me siento cómoda hablando de eso con ella. Le dirijo una mirada furibunda a mi cuñada.

—¿Por qué siempre tienes que airear mis trapos sucios? ¡Es que no me respetas!, ¡no me has respetado jamás!

—¡Hey, hey! No te vengas tan arriba, que no he destapado ningún secreto tuyo en la televisión. Aparte de mi mujer, Louise es tu hermana. No es para tanto.

—Chicas, haya paz —media Louise—. No entiendo cómo seguís siendo amigas, si no podéis pasar más de un día sin discutir. Me cansa mucho, no puedo seguir vuestro ritmo. En serio. Me voy a la cama. Por favor, no lleguéis a las manos. Paso de tener que limpiar la sangre.

Pam y yo negamos con la cabeza mientras la vemos alejarse en dirección a la parte delantera de la casa. Después, nos miramos y rompemos a reír.

¿Tendrá razón Louise y esta relación de amor-odio que nos une a Pam y a mí no es sana?

Mi amiga saca una botella de vino blanco de la nevera. Me sirve una copa y, acto seguido, se sirve otra para ella. Lo hace con parsimonia. Como la conozco bien (mejor que su propia esposa), sé que está ordenando sus pensamientos para decirme todo lo que tiene en mente, de forma clara y sin irse por las ramas.

Doy un sorbo al vino, el cual tiene un toque afrutado que lo hace delicioso, y espero con paciencia a que Pam hable.

—Maggie, te quiero mucho, sé que eres consciente de ello. A veces consigues sacarme de mis casillas, aunque eso también lo sabes. Si hay algo que deseo por encima de cualquier otra cosa es verte feliz. Por eso, te pregunto: ¿qué vas a hacer ahora?

—Nada. ¿Qué quieres que haga? —Pam tuerce el gesto. Esa no es la respuesta que esperaba oír, me temo—. Ya he quedado con un hombre, como propusisteis Louise y tú. Yo sabía que el experimento no saldría bien; a pesar de ello, os he dado el gusto. ¿Qué más quieres de mí?

—Ya te lo he dicho. Quiero ver que estás bien. Que has avanzado.

—Te lo advertí hace un rato: ni se te ocurra nombrar a Phil.

—Y no lo haré, aunque su nombre no pare de sobrevolar nuestras cabezas. Necesitas pasar página. Sé lo mucho que te dolió cuando se fue. Fue un trago muy amargo para las cuatro, que ninguna se esperaba. Pero debes seguir adelante. Solo tienes cincuenta años, y no eres de las que disfrutan viviendo solas. —Extiende los brazos antes de añadir—: Míranos. Tu hermana y yo nos instalamos contigo para quince días y llevamos aquí tres años.

—No pienso buscar una pareja solo porque…

—No es de eso de lo que estoy hablando, cariño. Solo digo que tienes que dar algún paso. Louise lo ha expuesto de forma clara. No necesitas salir con nadie, pero una canita al aire… —Deja la frase en suspenso—. Un polvo te sentaría como canela en rama. No solo de Satisfyer vive la mujer.

Me río ante su ocurrencia. Sé que tiene razón, pero me resulta muy difícil…, no, tremendamente difícil pensar en practicar sexo con alguien que no sea Phil.

—De acuerdo. Le daré una oportunidad más a este experimento. Solo una —aclaro, cuando Pam se pone a batir palmas—. Si no sale bien, Louise y tú os comprometéis a no volver a exigirme que salga con alguien durante al menos un año.

—Trato hecho —dice, antes de darme un abrazo de oso—. De todas formas, te aviso de que esta vez elegiré con la cabeza y no con... otra parte del cuerpo.

—Si mi hermana se entera de que Asher Jones aún te remueve, se va a poner furiosa.

—¡Oye! Que yo solo quiero mirar y admirar. Soy una mujer fiel, y lo sabes.

Río de nuevo. Antes de encaminarme hacia mi habitación, le digo:

—Y ya puedes olvidarte de elegir a ningún otro hombre para mí. Esta vez me encargo yo.

Capítulo cinco

Yo tampoco le he dado mi nombre real

Viernes, uno de diciembre,
unas horas antes de la cita

—¿Por qué un tío que adjunta a su descripción una foto de sus abdominales te parece una opción adecuada para tener una cita? —pregunta mi hermana, después de analizar la única imagen que consta en el perfil del hombre con el que he quedado esta tarde.

—Porque, como tú bien dijiste, lo quiero para follar, no para hablar.

Las cejas de Louise se elevan hasta quedar ocultas por su sempiterno flequillo.

—¡Hostia puta! Voy a tener que controlar mi forma de hablar cuando esté contigo. Como mamá se entere de que te enseño a decir tantas palabrotas, no me dejará salir a jugar con mis amigas.

Pongo los ojos en blanco, pero es una reacción fingida. Louise me sonríe, y yo a ella. Estoy muy contenta de que esté aquí, a mi lado, desde hace tanto tiempo. Casi nunca se lo demuestro como debería.

—¿Estás nerviosa? —Pam se sienta a la mesa de la cocina, frente a mí. Es nuestro lugar favorito para pasar el rato y conversar.

—Un poco. Por los escasos mensajes que hemos intercambiado CR7 y yo, no he podido hacerme una idea precisa acerca de su forma de ser, pero parece mi tipo.

—A mí lo que me preocupa es que sea más feo que el copón. —Mi hermana raras veces tiene filtro. Ni lo quiere.

—¿Te refieres a que podría ser un hombre gamba?

—Creo que me voy a arrepentir de preguntarlo, pero ¿qué es un hombre gamba? —Louise compone una expresión divertida a la par que curiosa.

—Uno al que, si le quitas la cabeza, resulta comestible. —Pam rompe a reír ante la cara de estupefacción de mi hermana y la mía.

—Lo peor no será que sea feo, sino que esa foto pertenezca a otro y, de cuerpazo Danone, nada —digo yo. Contemplo de nuevo los abdominales que se ven en la instantánea.

—¿Cuántos años tiene? Porque así no luce un cincuentón, o, al menos, ninguno que yo conozca. Además, que utilice como *nickname* el nombre de un jugador de *soccer*, la verdad, no sé si dice mucho de él.

—Según su perfil, cuarenta y cinco, pero, vamos, en el nuevo que me he creado yo puse cuarenta. Si, total, como tú dices, todo el mundo miente.

—Es que los cincuenta son los nuevos treinta, hermanita. No lo olvides. —Louise me abraza. Es única para subirme la moral.

—En cuanto a lo de elegir CR7 como *nickname*, es porque a su hijo le gusta mucho el *soccer*. Tampoco tengo claro si eso habla en su favor o en su contra.

—¿Lo de que tenga un hijo? Tú también tienes una, y está a punto de casarse, por cierto.

—Tampoco yo he puesto mi nombre ni mis iniciales esta vez. —Trato de evitar el tema de la boda cuanto puedo. Sé que es muy feo por mi parte, pero no lo llevo nada bien. Por Phil, por las fechas, por todo en general.

Me gustaría alegar que Geena lo anunció con tan poca antelación que aún me encuentro en estado de *shock*, pero sé por qué mi hija decidió actuar así. Pretendía evitar que me comiera el coco durante medio año después de saber que iba a casarse. Y aunque eso la honra, no me ayuda.

Me lo comunicó cuando faltaba poco más de un mes y todo el mundo estaba ya al tanto de la situación. Lejos de sentirme ofendida, se lo agradecí; aun así, me cuesta mucho perdonarla por haber elegido precisamente el día de Navidad para el gran acontecimiento.

Ella aduce que no solo tiene una madre, sino también un padre. Gilipolleces. Ha elegido esa fecha porque adora las fiestas, igual que Phil. Lo ha hecho por él.

Lo más duro es que no me puedo enfadar con Geena, pues tiene derecho a casarse el día que a ella le salga de donde sea, de modo que lo pago con Phil y me cabreo todavía más con él. Se lo merece por haberme dejado.

—¿Habéis quedado en el centro comercial? —Pam, que es mucho más práctica que mi hermana y yo juntas, se centra en el tema que realmente importa.

—Sí, paso de ir a un sitio bonito. Con lo mucho que me gustó la cafetería en la que me citaste con Asher Jones, y ya no podré volver. Solo de pensar en ese local, me viene a la mente su guiño de ojo y su dedo apuntándome como una pistola, y me entra urticaria. Jamás podré ir a tomar algo ahí. Una pena.

—Qué exagerada eres, por Dios.

De camino al centro comercial, me doy cuenta de que estoy mucho más nerviosa de lo que esperaba.

Me he metido en esta locura solo por demostrar que no soy una cobarde y que puedo con una cita, y con más. No obstante, ahora mismo no estoy segura de ser tan fuerte como quiero aparentar, y, por encima de todo, me causa pánico que el tipo con el que he quedado no me guste lo más mínimo. Al menos, la semana pasada tenía la excusa de que no lo había elegido yo. Podía cargarle el mochuelo del fracaso a Pam y, de hecho, lo hice. Pero todo lo que derive de la cita de hoy será culpa mía, y tendré que asumir las consecuencias.

«Aún estás a tiempo de dar marcha atrás». Esa voz tan persuasiva que a veces habla conmigo desde el interior de mi cabeza está a punto de convencerme de que dé media vuelta. Lo que no sé es qué excusa podría poner por no haberme presentado en el centro comercial.

«Que tienes migraña, por ejemplo». Aunque olería a pretexto desde quinientas millas a la redonda. No, tengo que cumplir con lo pactado y comparecer a la cita. Si el tal CR7 no me gusta, siempre puedo alegar el dolor de cabeza para despedirme de forma elegante.

Nada más estacionar el coche en el aparcamiento, reparo en que he elegido un mal día. Estamos a primeros de diciembre, Acción de Gracias ya ha quedado atrás, y eso, en Bethlehem, uno de los muy variopintos pueblos con nombre navideño de los Estados Unidos, significa que la localidad al completo está volcada en la decoración para las fiestas. Varias cuadrillas transportan adornos, árboles, bolas de Navidad y sacos de nieve artificial (porque las primeras nevadas aún no han hecho acto de presencia, y porque decorar con nieve auténtica debe de ser un engorro) y se afanan en revestir de espíritu navideño cada centímetro cuadrado del centro comercial.

La primera impresión me roba el aliento. No puedo resistirlo. Tengo que marcharme de aquí o sufriré un ataque de ansiedad.

Mi teléfono suena justo cuando pongo el coche en marcha para largarme de este maldito lugar.

—¿Estás hiperventilando? —Pam formula la pregunta en tono dulce. Sabe cuánto me afectan estas fechas, lo ha vivido en sus carnes durante los tres años transcurridos desde que Phil se fue.

—Algo así, sí. —Estrujo el teléfono con tanta fuerza que noto las esquinas, a pesar de que son redondeadas, clavarse en mi mano.

—No es nada que no puedas afrontar, cariño. Además, te servirá como entrenamiento para el día de la boda. Geena va a hacer que la Navidad forme parte de cada minuto de la celebración. Lo sabes, ¿no?

—Sí. —Noto las lágrimas formarse. Por suerte, logro mantenerlas a raya—. Me cuesta tanto olvidarlo, Pam.

—Lo sé, vida mía. Y nadie espera que lo hagas. Phil supone una parte muy importante de tu historia. Nunca lo vas a olvidar. Pero hoy estás un paso más cerca de seguir con tu vida, así que bienvenida al territorio fuera de tu zona de confort. Ve a por ello y deja el pabellón bien alto.

Una sonrisa agridulce se dibuja en mis labios.

—Gracias, Pam. Te quiero muchísimo. Lo sabes, ¿verdad?

—Y yo a ti. Casi tanto como a tu hermana, ahora que no me oye.

—Sí que te he oído. —La voz de Louise se escucha apagada al fondo de la línea, pero totalmente inteligible.

Se me escapa una risa.

—No te pongas celosa, cariño. Tengo que animar a Maggie de alguna manera. Además, tengo corazón y kilos suficientes para repartir mi amor entre las dos.

Mi hermana rezonga. Sé que no lo hace en serio, sino solo para picar a Pam.

Una oleada de amor infinito me empapa. Si sigo viva y en pie es gracias a lo que ellas han hecho por mí durante los tres últimos años. No hay nada en esta vida que pueda pagar todo el afecto que estas dos mujeres me han brindado sin esperar nada a cambio.

—Voy a bajar del coche —concluyo, con ánimo renovado. Esta cita no solo me la debo a mí; también se la debo a ellas. Por haber soportado mis peores momentos y haber seguido a mi lado sin desfallecer.

—Muy bien. No sabes lo orgullosas que nos sentimos de ti. Adelante. Siempre adelante. Y, si nos necesitas, estamos a una llamada de distancia.

Salgo del coche y echo a andar decidida hacia la entrada principal. Clavo los tacones en el suelo con cada paso que doy, eso me infunde seguridad. Dice: «Miradme, soy capaz de caminar con firmeza sobre unos tacones de aguja. Si puedo lograr eso, no habrá nada que me frene».

Avanzo entre los coches aparcados y la silueta de un señor se cuela en mi campo de visión. Me obligo a abrir y cerrar los ojos porque, a primera vista, me ha parecido Asher Jones. «Vaya, hombre. Treinta años sin vernos y, ahora, dos veces en menos de diez días», refunfuño, irritada. Me fijo mejor y llego a la conclusión de que debo de estar un poco obsesionada, porque no es él. Se le parece un montón, pero no lo es. Además, ¿cómo iba a ser Asher Jones un «señor»? Me río para mis adentros. «Un señor». Más risas, y esta vez no solo internas.

Cruzo las puertas automáticas del centro comercial y respiro hondo ante la cantidad de adornos que ya lucen por todas partes. «Puedes con esto», me digo, y me encamino hacia la cafetería en la que he quedado con CR7.

No llego a elegir una mesa porque, nada más entrar, diviso a un hombre sentado de espaldas a mí. Lleva un polo de color verde lima, justo como dijo que haría mi cita para que pudiera reconocerlo.

Me sitúo detrás de él y le toco un hombro antes de que la descarga de adrenalina que está invadiendo mi sistema nervioso cause estragos en mi estómago y mi garganta.

—¿Eres CR7?

El hombre (por Dios, esto de quedar con hombres y no con chicos se me hace muy cuesta arriba) se vuelve en la silla y, en cuanto me ve, rompe a reír sin ningún disimulo.

Capítulo seis

Ha sido todo un desastre, desde el minuto uno

Viernes, uno de diciembre, justo después de la cita

—¿Vas a contarnos por qué estás tan cabreada o necesitaremos sacarte la información a golpes? —Louise se sienta a mi lado y me frota la espalda. Sus palabras suenan afectuosas, a pesar del sarcasmo que llevan implícito.—Ha sido todo un desastre —le respondo a Louise, minutos después de entrar en casa, donde Pam y ella están ayudando a Geena con la decoración navideña. Las tres aguardan expectantes por conocer los detalles de mi cita—. Todo. Desde el minuto uno.

—Ya sabes en lo que quedamos respecto al uso de las palabras «todo», «nada», «siempre», «nunca». Ninguno de esos conceptos existe. No «todo» puede haber sido malo. —La psicóloga que vive en el cuerpo de mi hija hace acto de presencia. No la puede reprimir, la pobre.

—Esta vez sí que existe. Cuando digo «todo», me refiero a cada maldito segundo de la cita. Menos mal que no ha durado ni el tiempo suficiente para contar hasta cinco.

—La intriga me está matando. Por favor, necesito averiguar qué ha pasado, ¡ya! —Pam no puede evitar ser tan intensa. Lo sé de primera mano, aunque a veces se me olvida, como ahora, y agota mi santa paciencia.

—¡El puto Asher Jones, eso es lo que ha pasado!

—¿Qué tiene que ver él en esto? —pregunta mi amiga, extrañada, y añade—: Geena, cariño, ve a la cocina a por una bolsa de papel. Creo que tu madre está empezando a hiperventilar.

Después de inspirar y espirar un rato en el interior de la bolsa, me siento mejor. El conato de ataque de ansiedad ha pasado, y hasta me veo con fuerzas para explicarles a estas tres lo sucedido.

—Cuando le he tocado el hombro al «señor» (porque el que me esperaba sentado era un «señor», no un chico)... —les aclaro, por si se les había escapado ese punto.

—Bueno, mamá, tú también eres una «señora». Aunque sigas de muy buen ver. —Mi hija se apresura a arreglar la debacle que ha ocasionado al utilizar «esa» palabra.

—¿Era Asher Jones? —Mi hermana rompe a reír a mandíbula batiente antes incluso de terminar la pregunta.

Geena y Pam la miran con extrañeza. Cuando mi cuñada comprende la ironía de la situación, se une a las carcajadas.

—¿Quién es ese Asher Jones? —pregunta mi hija, cada vez más asombrada, no solo por mi relato, sino también por el comportamiento de sus tías.

—Es una larga historia, mi vida; ya te la contaré en otro momento. Ahora creo que voy a meterme en la cama. —Hago amago de ponerme en pie, pero Pam me lo impide.

—No, no, ni hablar. Ahora mismo vas a detallarnos lo que ha dicho Asher Jones, lo que has contestado tú y por qué te has ido a los cinco segundos.

—No hay nada que contar. Él ha roto a reír como un energúmeno en cuanto me ha visto y yo no he esperado a que se le pasara el ataque. Me he largado de ahí echando leches.

—No me jodas, hermanita. Esto tiene que significar algo. Las casualidades no existen, o eso quieren algunos que creamos, ¿no?

—Freud decía… —Otra vez la psicóloga que habita en mi hija intenta meterse en la conversación, pero una leve inclinación de la cabeza de su tía la advierte de que no siga por ahí.

—No sé si existen las casualidades, las causalidades o si es el destino. Lo que te aseguro es que no va a volver a sucederme algo así nunca más. No pienso quedar con nadie a través de ninguna aplicación. Ninguna otra persona, jamás —añado, cuando Pam abre la boca para poner objeción a mis palabras.

—¿Y si es alguien a quien yo conozca y con el que crea que encajarías bien? —Geena quiere ser partícipe de esto como sea. La veo venir.

—¿A quién conoces tú de nuestra edad, a ver?

—Bueno, el padre de Adam está buenísimo, la verdad. —Sus mejillas se tiñen de un rojo intenso—. No tanto como él, pero lo bastante como para que te gires a echarle un segundo vistazo si te lo cruzas por la calle.

—Pensaba que era un cabrón y que Adam y tú apenas manteníais relación con él —comento, no sin cierta sorpresa.

—Sí, es cierto que no se llevan demasiado bien. Pero la culpa la tiene mi suegra, que no es más que una bruja posesiva que ha envenenado a Adam en contra de su exmarido. Estoy segura de ello, aunque no conozca todos los detalles de la historia. Ahora que conozco a la madre de mi novio un poco mejor, apostaría algo a que el causante de la ruptura no fue solo el padre.

—Bueno, hija, ya sabes que cuando el río suena...

—Sí, sí, yo no digo que sea un hombre intachable, solo que no creo que sea tan malo como lo pintan. O eso me ha parecido las veces que hemos quedado con él.

—Yo creo que, si tu madre se liara con tu futuro suegro, la situación sería incómoda de cojones. Mejor no meterse en ese jardín, ¿no te parece, Geena? Sobre todo, si tu futura suegra es... ¿cómo la has llamado? —Pam intenta disimular una sonrisa mientras habla con seriedad.

—Una bruja posesiva —respondemos Louise y yo, al unísono. Esas son las mismas palabras exactas que suele emplear mi cuñada cuando habla de mi propia madre.

—El domingo que viene podréis conocer a los dos. —Geena dibuja una sonrisa angelical en su rostro—. Es la prueba del menú de la boda.

—¿Este domingo? —Cojo la bolsa de papel, que había quedado tirada sobre el sofá, y empiezo a respirar dentro, tratando de no acelerarme demasiado.

—¡No, mamá, el siguiente! Tranquila, la tía Louise y mi madrina estarán ahí contigo. No va a pasar nada. Todo irá sobre ruedas. ¿Verdad, titas?

—No tenía la menor idea de que nosotras también estuviéramos invitadas a esa comida —dice mi hermana, con cara circunspecta.

—Pues, ahora ya lo sabes. —Mi hija consulta su reloj de pulsera y añade—: ¡Uy! Qué tarde se me ha hecho. Adam ya debe de estar en casa. Tengo que irme. ¡Os quiero, chicas!

Y, así, sin añadir ni media palabra más, nos da un beso de despedida a cada una y se larga, dejándonos sin derecho a réplica.

Capítulo siete

Puedo sonreír y mostrarme estoica

Domingo, diez de diciembre

La prueba del menú llega mucho más deprisa de lo que esperaba y me pilla casi por sorpresa.

He intentado implicarme todo lo posible en el trabajo para así no pensar en mis dos ruinosas citas y en la boda de la niña. No ha sido precisamente una tarea fácil, dado que mi profesión debe de ser la más aburrida del mundo: soy analista de datos. Sí, un oficio difícil de definir, puesto que no conozco a nadie que sepa explicar en qué consiste con exactitud, pero que me da para vivir de forma holgada.

Uno podría suponer que se requiere mucha concentración para dedicarse a analizar cifras y más cifras, pero la verdad es que llevo tantos años haciendo lo mismo que ya me sale automático, lo cual me brinda mucho tiempo para pensar.

Esta semana me he limitado a sobrevivir, concentrada a tope en las tablas y los números, pero el domingo ha llegado sin hacer ruido, como un ladrón escondido en una callejuela, acechando a su presa.

Me visto para la ocasión. Me he probado unos dos mil vestidos (sin exagerar) y ninguno me gusta. La mayor parte de mi ropa me queda enorme; he perdido un montón de peso desde lo de Phil. Mira, no hay mal que por bien no venga. También es cierto que me he comprado muy pocas prendas nuevas desde que él no está. Total, no suelo tener ganas de ir a ningún sitio yo sola.

Y eso nos trae de vuelta a la comida de hoy. Mierda, qué poco me apetece. Si no fuera la madre de la novia, no habría nada en el mundo que me obligara a acudir a esa cita. ¡Y me quejo de que las dos que he tenido con Asher Jones fueron un fiasco! Espera tú y verás.

—Maggie, ¿estás lista? —La voz de Pam suena desde su habitación. Hoy no me ha ayudado a prepararme, como hizo el otro día. Supongo que tiene suficiente con supervisar lo que se pone Louise.

Al principio, ambas se negaron en redondo a ir a la prueba del menú. Geena tuvo que insistir muchísimo para que aceptaran. Ahora me alegro infinito de que lo hicieran.

En ocasiones como esta, en las que me resulta tan difícil enfrentarme al mundo, me reconforta tenerlas a mi lado. Apretar sus manos, justo en el momento en que pienso que no podré superar la prueba, me llena de energía para aguantar un ratito más, y otro, y otro. Hasta que salgo del laberinto de emociones negativas y puedo relajarme.

—Sí, ya voy —digo, aunque todavía no sepa qué ponerme. Solo faltaría que Pam viniese para acá, decidida a ayudarme. Su exceso de energía es lo último que necesito ahora mismo.

Al final, opto por un vestido verde que a Phil no le entusiasmaba y que, por eso mismo, está prácticamente nuevo.

—Ni siquiera te has maquillado un poquito. —Pam me riñe en cuanto me pone los ojos encima. La mueca que le devuelvo le basta para que cambie de tercio—. Por favor, Maggie, recuerda que esto lo haces por Geena. Ni se te ocurra montar un espectáculo. Phil...

—Lo sé. No me lo nombres, por favor. Tengo bastante con saber que estará presente en la comida.

La cara de mi cuñada y la de mi hermana, que viene por el pasillo, son un cuadro, a medio camino entre la conmiseración y la pena. En cambio, yo decido sonreír. Nadie va a verme triste hoy. Me niego.

Media hora más tarde, entramos en el hotel que mi hija y su prometido han elegido para celebrar su unión. Desde el primer segundo, me parece un sitio precioso, a pesar de que no se han cortado un pelo con la decoración navideña ni con los villancicos que suenan de fondo. O quizás debido a ello.

Cuando le explicamos al recepcionista a qué hemos venido, esboza una gran sonrisa, abandona el mostrador y nos acompaña a un reservado en el que ya se encuentran Geena, Adam y su madre.

Tomo aire. Por lo que la conozco, y por lo que me ha contado mi hija acerca de ella, soy consciente de que Adelaide es una mujer difícil, al igual que la que me parió a mí. Menos mal que tantos años de lidiar con aquella me han preparado para enfrentarme a las de su naturaleza.

Compongo mi mejor expresión cuando los tres se levantan de la mesa. Me dirijo a ellos decidida a pasarlo lo mejor que pueda.

—Hola, querida. —La madre de Adam acerca su mejilla a la mía y besa el aire, ya que sus labios no entran en contacto con mi piel en ningún momento—. ¡Cuánto me alegro de que hayas venido! No estaba segura de poder soportar a mi exmarido; te necesitaba para que me echaras un cable.

—Estas son mi hermana y su esposa —le digo, para cambiar de tema—: Louise y Pam. Estoy segura de que Geena te habrá hablado de ellas. Son sus tías favoritas.

Mi consuegra las mira con un rictus extraño. Sonríe, pero lo hace como quien se ha comido un trozo de mierda y pretende disimular el asco.

Geena tiene razón. No se explica de dónde ha salido un chico tan majo como Adam de una madre que es una arpía y un padre que, bueno, es un cabrón (en palabras de su exmujer).

Tomamos asiento, y Pam, que ha notado la mirada pérfida de Adelaide, entra al trapo. Menuda es.

—¿Tu exmarido aún no ha llegado? —Después, le susurra a Louise al oído, a un volumen lo bastante alto para que todos la escuchemos—: Yo también me demoraría todo lo posible para no tener que verla, la verdad. Creo que incluso puedo solidarizarme con ese hombre.

Le doy una patada por debajo de la mesa que intenta ser sutil. No me importa que me deje a mí en ridículo, pero no me gusta que ponga a Geena en un compromiso. Al fin y al cabo, esa mujer será su suegra, y tendrá que soportarla por el bien de su matrimonio.

Adam carraspea y Geena se revuelve en su silla. Le echa un vistazo tan elocuente a Pam que la obliga a no seguir por ese camino.

—A mi exmarido no le interesamos en absoluto ni Adam ni yo —expone Adelaide—. Aún sigo sin entender por qué mi hijo se ha empeñado en invitarlo. De todas formas, tengo la esperanza de que Rob lo deje plantado, a ver si así Adam se hace una idea, al fin, de lo poco que lo necesita en su vida. —A jugar por su expresión, cualquiera diría que ha tomado un sorbo de leche agria.

Mi futuro yerno pone los ojos en blanco. Las palabras de su madre me parecen muy poco adecuadas. Sobre todo, si tenemos en cuenta que yo apenas la conozco y que no he tratado a su ex en absoluto.

Miro a la pobre Geena: está roja como un tomate. Le doy otra patada a Pam por debajo de la mesa. Ella ha sido la responsable de esta situación. Sabe de sobra la ilusión que le hace a Geena tener una boda de cuento de hadas, así que espero que se dé por aludida y empiece a comportarse desde ya.

Geena ha soñado con este momento desde que era pequeña, y si yo he decidido que puedo sonreír y mostrarme estoica, Pam debería soportar a Adelaide al menos el tiempo que dure la comida.

La puerta del reservado se abre y todos nos volvemos hacia allí para ver quién ha entrado. Es el *maître*.

—Señorita Cooper, señor Jones, ¿desean que empecemos ya con la degustación o esperan a alguien más?

—Falta un comensal —contesta Adelaide, a quien, por cierto, nadie le ha preguntado—. Aunque no me extrañaría que no se presentara.

Adam inhala antes de dirigirle una mirada torva a su progenitora, que le devuelve una sonrisa cargada de desdén. Aunque no las pronuncie, las palabras «te dije que no lo invitaras» flotan en el aire que los separa.

Geena le toca una pierna a su prometido, supongo que para intentar calmarlo. Vaya situación más estrambótica. Pobrecita mi hija, y pobrecito Adam; qué pena haber tenido que criarse con esta pécora como madre. Debo admitir que mi yerno me parece encantador. Sigo sin entender cómo una mujer como Adelaide ha podido criarlo tan bien.

De nuevo, la puerta del reservado se abre. Esta vez, no se gira más que Pam, que es una cotilla. Los demás nos hallamos demasiado al límite como para que nos venza la curiosidad.

—¡Pero, bueno!, ¡mira a quién tenemos aquí! ¡Pam Spencer! No me lo puedo creer. Treinta años sin ver a casi nadie del instituto y, en una semana, me reencuentro con dos chicas de la promoción del noventa y uno. Insólito.

En contra de toda la buena educación que se empeñó en inculcarme mi madre, apoyo un codo en la mesa y me aprieto la frente con los dedos.

Reconocería esa voz hasta en el infierno.

Capítulo ocho

En serio, universo, ¿no te has reído ya bastante de mí?

Domingo, diez de diciembre

No me atrevo a volverme en la silla ni a ponerme en pie, como sí han hecho Pam, Geena y Adam.

—¡Asher Jones! Yo sí que no me lo puedo creer. —La risotada de mi mejor amiga es tan franca que puedo imaginar lo que se le está pasando por la mente.

—Espera, espera. ¿Eres la madre de Geena? Porque me he partido la cabeza en más de una ocasión pensando a quién me recordaba, aunque también tengo que decir que nunca la asocié contigo.

Pam sigue riéndose. Aunque yo no la vea, sé que se ha llevado la mano a la boca para taparse los dientes, algo que hace desde que éramos unas crías porque cree que los tiene demasiado grandes, a pesar de que tanto mi hermana como yo, e incluso Geena, le hayamos dicho por activa y por pasiva que no es así.

—Por supuesto que no soy su madre, Asher Jones, ¿no ves lo blanquita que es? Por si no te habías dado cuenta, yo soy tan afroamericana como Whoopi Goldberg, chaval. —Deduzco que se dan un abrazo. Después, mi cuñada dice—: Soy su madrina. —Le sobreviene otro acceso de risa antes de añadir—: Ni te imaginas quién es la madre de tu futura nuera.

Louise me da un empujón para que me ponga en pie o, al menos, para que cambie de postura. Cuando levanto la cabeza, lo primero que hago es mirar a mi consuegra. Su cara es de asombro; está para que le saquen una docena de fotos. Seguro que pensaba que nos pondríamos de su parte y odiaríamos a su ex tanto como ella. Pues, menos mal que no sabe lo que sucedió entre esos dos en el baile de fin de curso del instituto.

Un puño de hierro me retuerce el estómago. «En serio, universo, ¿no te has reído ya bastante de mí?».

Bethlehem tiene setenta mil habitantes, por el amor de Dios. El padre de Adam podría haber sido cualquiera. Pero, no, tenía que ser el puto Asher Jones.

No puedo no reírme para mis adentros. Empiezo a entender a Adelaide un poquito más. No creo que yo hubiese soportado estar casada con un tipo como él. Seguro que, de haber ocupado el lugar de ella, ahora tendría una cara de amargada como la suya.

A continuación, me giro en la silla. Aún no me atrevo a ponerme en pie; no estoy segura de que mis piernas vayan a sostenerme.

La cara de Asher Jones al reconocerme es digna de ser inmortalizada. Primero, se queda blanco, y después, segundos antes de estallar en carcajadas, rojo como un tomate.

—¡Maggie Williams! No podía ser otra sino tú.

Mi corazón da un vuelco. Su voz me ha sonado aterciopelada al pronunciar mi nombre. No puedo negar que me ha encantado, como tampoco puedo dejar de recordar las palabras que le dijo Pam a mi hija el sábado pasado, en casa:

«Creo que, si tu madre se liara con tu futuro suegro, la situación sería incómoda de cojones».

—¡La que viste y calza! —me obligo a decir.

Si la atmósfera fuera más tirante, se rasgaría como una cuerda que sujeta demasiado peso.

La tensión se ve interrumpida por el *maître,* que regresa acompañado de varios camareros cargados con los platos. Se queda un poco sorprendido al ver a tanta gente de pie en el comedor, pero disimula con rapidez.

Adam y Geena están tan alucinados que no han articulado palabra, y la cara de Adelaide lo dice todo. Si antes parecía amargada, ahora se nota claramente que lo está.

—Vamos a sentarnos, papá —insta su hijo—. Ya van a servir la comida.

—Claro, claro. Perdona, Geena. —Asher Jones se acerca a mi hija y le planta un sonoro beso en la mejilla—. Lamento el retraso.

—No llegaste en hora ni el día de tu nacimiento, Rob, o eso era lo que tu madre decía siempre de ti. —Adelaide se lleva la copa de vino a la boca para bebérsela, junto con todo su resentimiento, de un solo trago.

—Hola a ti también, Adelaide.

Adam le lanza una mirada suplicante a su padre y este le responde con una ligera inclinación de cabeza. Tiene los labios apretados.

—¿Por qué te llaman Rob? —pregunta Pam. Se extiende la servilleta de tela sobre el regazo, con elegancia.

—Es mi segundo nombre —contesta Asher Jones—. Jones es el apellido; en el instituto empezaron a llamarme Asher Jones porque era lo que ponía en mi camiseta de *quarterback*, pero lo adecuado hubiese sido Asher Robert.

—¡Hay que joderse! —exclama Pam—. Por mucho que supiera que Adam se apellida Jones, ni en un millón de años hubiese imaginado que era hijo tuyo. Hay demasiada gente con ese apellido en este país. Además, siempre se han referido a ti como «Rob».

Eso mismo estaba pensando yo. Cuando conocí a Adam, me hizo gracia que su apellido coincidiese con el nombre de mi amor de instituto, pero nunca se me hubiera ocurrido que Asher Jones y Robert Jones pudieran ser la misma persona y, por ende, el padre del novio de mi hija.

Mi consuegro (qué mal suena) toma asiento, me guiña un ojo y, después, sonríe. Al menos esta vez no me apunta con el dedo de esa forma tan infantil. Sin embargo, me dirige una mirada intensa y, en apenas una décima de segundo, su rostro adopta ese aire burlón que conozco tan bien.

—¿Tu marido no va a venir, Maggie?

Asher Jones formula la pregunta en cuanto el *maître* y los camareros salen del reservado, y de repente todo el ruido de fondo se diluye. Ninguno de los comensales, incluida yo, se atreve a mover un músculo. Las miradas se dirigen primero a él y, después, de inmediato, a mí.

Es que ni siquiera le ha preguntado a Geena. Hubiese sido lo más natural: «Geena, ¿tu padre no va a venir?». No, ha tenido que preguntarme a mí. ¡A mí!

Fijo mis ojos en los suyos. Por primera vez en tres años, mi mirada no se empaña de lágrimas ante la mención de mi marido.

Lo más preocupante es que no sé si se debe a la manera en que me observa Asher Jones, tan reconfortante que no me hago a la idea de que sea el mismo cretino con el que me reencontré hace quince días, o si es porque, como presagiaba todo el mundo, esto iba a acabar pasando algún día (me refiero a lo de no llorar cuando hablo de Phil, no a que me pregunten por él. Eso lo ha hecho mucha gente durante estos tres años).

—Papá —Adam carraspea para atraer la mirada de Asher Jones, quien no ha desviado sus ojos de mí—, pensaba que Geena y yo te habíamos explicado que su padre murió.

La nuez del rey del instituto Liberty, promoción del noventa y uno, sube y baja por su garganta muy despacio. Después, su dueño vuelve a mirarme a los ojos; eso sí, mucho más contrito de lo que lo he visto jamás.

—Yo… lo siento, lo había olvidado…

Siento unas ganas irrefrenables de huir al cuarto de baño, pero me disuade la fortaleza que mi hija, mi hermana y Pam me transmiten con sus miradas.

Suspiro y me encojo de hombros.

—Siempre se van los mejores —digo, con resignación.

Asher Jones tuerce el gesto y no añade nada más. Por el rabillo del ojo, veo que Adelaide niega con la cabeza al tiempo que pronuncia un «gilipollas» silencioso.

Por alguna razón que no alcanzo a entender, el momento se me antoja gracioso. A veces las situaciones más dramáticas se convierten en chistosas solo por cómo se desarrollan. Nada tiene que ver la desgracia en sí, sino la serie de acciones que conducen al resultado final, que en este caso es nada más y nada menos que una risa histérica por mi parte. Río como si estuviera viendo una de esas películas absurdas que tanto le gustaban a Phil. Como las de la serie de *Aterriza como puedas*, que a mí me parecían cansinas e insulsas. ¡Lo que es la vida!

Todos, sin excepción, me dirigen una mirada preocupada, como si mi risa no presagiara nada bueno. Seguramente estén en lo cierto, pues no pasa mucho tiempo antes de que mis carcajadas deriven en llanto.

Ahora sí que huyo al lavabo. Espero que nadie me siga. No lo soporto. Si desaparezco de la vista de la gente es para llorar sola, no para que alguien venga detrás con intención de consolarme. Si quisiera eso, lo pediría. En cambio, lo que claramente demando con mi actitud es un poco de intimidad.

Gracias al universo, mi petición silenciosa es respetada, y puedo llorar a gusto durante un rato sin que nadie me moleste.

Cuando me parece que tengo la situación controlada, salgo del cubículo y me examino en el espejo para comprobar los estragos que las lágrimas han causado en mi cara. Por lo visto, me he convertido en una semiprofesional, porque, contra todo pronóstico, no se me ha corrido el rímel. «Idiota. Vas sin maquillar, por eso no te has hecho un estropicio», me recuerdo.

Mira, me alegro de haber tomado esa decisión esta mañana, cuando me arreglaba. Una cosa menos por la que preocuparme ahora.

—Cariño, estás preciosa. Como siempre. Y que nadie se atreva siquiera a pensar lo contrario. —Me vuelvo en todas direcciones. Esas palabras no han sonado en mi cabeza. Las he oído de forma nítida, igual que si quien las ha pronunciado se hallara a mi espalda.

Contemplo el espejo, me doy la vuelta, incluso me agacho para revisar si en alguno de los cubículos queda alguien. Nada.

Inspiro con fuerza varias veces. Seguro que no es más que una jugarreta de mi embotado cerebro.

—Maggie, te lo dije más de una vez y ahora te lo repito. No quiero que estés sola. Y la verdad es que el tal Asher Jones me gusta. ¿Por qué no le pides una cita?

Me vuelvo de golpe, solo para descubrir a Phil flotando a mi espalda.

Me sujeto al lavabo en cuanto siento que el mundo se difumina, pero no soy lo suficientemente rápida. Noto como mi cuerpo se acerca muy deprisa al suelo, después un golpe agudo en la frente y, por último, la nada.

Capítulo nueve

Parece hablar con alguien que no está aquí

Domingo, diez de diciembre

—¡Mamá, mamá! ¿Qué te ha pasado?

—¿De dónde sale toda esa sangre?

—Tiene una buena brecha encima del ojo.

Las voces se superponen a mi alrededor y me alteran más de lo que ya estoy. Las escucho con los ojos cerrados; no me atrevo a abrirlos. Oigo el ruido de una tela al rasgarse, y después alguien me aprieta la frente.

—Será mejor que la lleve al hospital. —La voz de Asher Jones se impone sobre las demás.

Siento que me pasan un brazo por debajo de las piernas y otro se desliza por mi espalda justo antes de ser alzada en vilo.

Parpadeo un segundo, pero ante mí emerge un sonriente Phil, que me da ánimos con los pulgares hacia arriba. Su figura está desdibujada por una neblina grisácea y sus contornos no están bien definidos, pero es él.

La cabeza me da vueltas y, antes de volver a desfallecer, extiendo los brazos en torno al cuello de la persona que me sostiene.

De nuevo las voces se arremolinan a mi alrededor.

—No tienes por qué llevarla tú, Rob. Pueden hacerlo su hermana y su cuñada.

—Venga, Adelaide, podrías mostrarte comprensiva por una vez. —La voz de Asher Jones reverbera en su pecho y me hace cosquillas en el oído que tengo apoyado en él.

«Ups, Asher Jones te tiene en brazos. Eso te habría valido otro desmayo en el instituto. Como mínimo», dice mi voz interior, de lo más jocosa.

—Soy del todo comprensiva. Maggie y tú no tenéis nada en común; en cambio, ellas…

Percibo una sacudida, un salto al vacío. Como si me hubieran soltado para volver a agarrarme en el aire. Justo después, me noto más segura que antes, y me doy cuenta de que mi portador ha hecho un movimiento para acomodarme mejor.

—Por Dios, Adelaide. No quiero discutir contigo. Te puedo dar un millón de razones para demostrar que lo más conveniente es que yo lleve a Maggie al hospital, pero paso de hacerlo delante de todo el mundo.

—¡Quiero escucharlas! —La voz de mi consuegra sale de su garganta convertida en un graznido. Como una niña pequeña que se va a quedar sin su caramelo y está dispuesta a luchar con uñas y dientes para que eso no suceda.

Siento en mi pelo el resoplido que sale de la boca de Asher Jones.

—La primera, y más importante, es que yo trabajo en ese dichoso hospital. La segunda, que, si sus tías también se marchan, la pobre Geena se va a quedar sola para la degustación. Estoy seguro de que no eres tan egoísta como para consentir eso.

—No importa. Creo que la degustación ya está arruinada —dice Geena, y se me rompe el corazón.

Sé que debería abrir los ojos, ponerme en pie (si es que mis piernas me sujetan) y pedirle perdón por ser tan débil. Pero no me atrevo porque puede que el Phil incorpóreo se encuentre todavía ahí y, la verdad, me acojona mucho.

—Claro que estoy aquí. Tengo una misión muy importante y no me iré hasta que la haya cumplido.

La voz de mi marido me empuja a abrir los ojos de golpe. Al mismo tiempo, aspiro una gran bocanada de aire. Y..., sí, ahí está Phil, sonriéndome de forma indulgente entre todo ese humo que lo rodea.

—¡Mamá!

—¡Maggie! —exclaman Pam y Louise, al unísono.

—¿Cómo estás?

—¿Qué cojones ha pasado ahí dentro?

Las tres se atropellan unas a otras para hablar.

—He ido a buscarte, a pesar de saber cuánto te molesta eso —me explica Pam, compungida—, porque tardabas un montón y me estaba temiendo lo peor.

—Y menos mal que lo ha hecho, mamá. Estabas tirada en el suelo del baño, sangrando. Bueno, de hecho, aún sangras un poquito. —Geena señala mi frente con cara de asco.

Me siento muy débil, pero no tanto como para no volverme hacia Asher Jones y darme de bruces con su cara, que se encuentra a pocos centímetros de la mía.

—Te llevaré al hospital. —Su tono suave me tranquiliza, aunque también remueve algo en mi interior.

Echo un vistazo fugaz a... Phil para ver si se ha dado cuenta y, para mi sorpresa, me mira muy contento.

—Creo... creo que puedo caminar —le aseguro a Asher Jones, para que me deje en el suelo.

—Supongo que sí, pero no voy a arriesgarme a que vuelvas a caerte y te abras la frente por segunda vez. Una herida ya será difícil de disimular el día de la boda; imagínate dos. —Sonríe pagado de sí mismo. Creo que tiene derecho a hacerlo: vale que he adelgazado bastante, pero, aun así, lleva un buen rato sosteniéndome en brazos y no parece cansado.

—Bueno, supongo que podemos acompañar nosotros a Maggie al hospital. No parece que esté muy grave —dice Adam, dirigiéndose a nadie en concreto—, y seguro que Geena lo prefiere.

—Eso es una tontería. —Asher Jones replica con rotundidad—. Sabes que, si la llevo yo, probablemente estemos de vuelta para el postre. Disfrutad de la comida. Hoy es un día importante para vosotros.

Entiendo que tiene razón: si es cierto que trabaja en ese hospital al que quiere llevarme, la forma más rápida de que me atiendan es que me conduzca él mismo hasta allí.

—Asher Jones tiene toda la razón del mundo —afirma Phil—. Que estos se vayan a comer y te dejen sola con él. Necesito atravesar esas puertas o me desvaneceré para siempre. Qué guapa se ha puesto Geena, ¿verdad? —Cambia rápidamente de tema y mira a nuestra hija con los ojos llenos de amor.

—¿De qué puertas hablas? —susurro. Al instante reparo en que no he hablado en voz tan baja como pensaba, ya que Louise y Pam, que son quienes están más cerca de mí, me observan con extrañeza.

—Por lo visto, tengo que hacer «algo» por «alguien» antes de cruzar al otro lado. Y resulta que ese alguien eres tú. —Phil señala al techo, a donde, indefectiblemente, dirijo mi mirada—. Por lo que sé, una vez que atraviesas las puertas, cada uno encuentra al otro lado aquello que más disfrutó en esta vida. Estoy loco de emoción por averiguar qué viviré. —Se detiene un segundo a pensar en la palabra que ha dicho y después ríe con suavidad—. Estoy convencido de que pasaré los siglos venideros en una eterna Navidad. Vamos, Maggie, a ti te gustaría ayudarme a cruzar esas puertas, ¿verdad? No querrás que me desvanezca para siempre, ¿no? —Su mirada es elocuente. Yo niego con la cabeza. ¿Qué tipo de broma pesada es esta?—. Les aclaré que se habían pasado un huevo cuando me comunicaron que mi misión sería ayudarte a ti. Les comenté que eres muy terca, pero ni caso. Hubiera preferido mil veces tener que ayudar a la niña. Seguro que ella haría cualquier cosa que yo le pidiese, y a la primera.

No sé de qué narices está hablando el fantasma de mi marido. Porque esta aparición tiene pinta de ser eso, un fantasma.

—Sí, correcto, es lo que soy —contesta, aunque yo no lo haya verbalizado—. Un fantasma con la misión de que te enamores en Navidad.

Suelto un bufido nada elegante y, de nuevo, mi hermana y Pam me analizan con preocupación.

Decido ignorar al presunto fantasma de Phil. Seguro que no es más que una alucinación producida por el golpe que me he dado en la cabeza.

—En eso te equivocas, cariño. Ha sido al revés: primero me has oído, luego me has visto y, finalmente, te has dado con la frente en el lavabo justo antes de desmayarte.

Cierro los ojos unos segundos. Voy a intentar relajarme. Quizás nada de lo que ha sucedido hoy haya sido real. Primero, resulta que Asher Jones es el padre de mi futuro yerno; después, se me aparece Phil en forma de fantasma. ¿Qué será lo próximo? ¿Me coronarán reina de Inglaterra?

—Señores, ¿quieren que continuemos con la degustación de platos o prefieren que demos la prueba por terminada? —El *maître,* que no sé de dónde ha salido, pero que me mira apenado, ha decidido que este es el mejor momento para intervenir en la conversación. Y le doy las gracias por ello, dicho sea de paso. Creo que me va a estallar la cabeza de un momento a otro. No solo por el porrazo que me he dado en ella, claro.

Miro a Geena y una súplica asoma en sus ojos.

—¿Quieres que me quede, cariño? Puedo ir más tarde a que me revisen la frente.

La cara de asco de mi hija habla por sí sola.

—No, mamá, por favor. Prefiero que te cosan esa herida cuanto antes. Aunque... también me gustaría terminar de comer.

—No se hable más. —Asher Jones hace de nuevo ese movimiento tan perturbador para colocarme más cerca de su cuerpo, y yo tengo que cerrar los ojos cuando veo que Phil se ríe—. Si todo va bien, en media hora estaremos de regreso.

Dicho esto, echa a andar hacia la salida. Todos, sin excepción, permanecen inmóviles. Alargo el brazo hacia Geena para despedirme de ella. Pam y Louise nos siguen fuera.

—Cariño, ¿estarás bien? —pregunta mi hermana, inquieta.

—Está en buenas manos —contesta Asher Jones por mí.

—Y fuertes —se pitorrea Pam.

Louise pone los ojos en blanco, pero amaga una sonrisilla traviesa.

Miro por encima del hombro de mi portador y diviso a Phil flotando justo detrás de nosotros.

—Que se trata de un hombre fornido es una afirmación totalmente cierta —corrobora este—. Además de que me parece muy atractivo, se ha mostrado muy protector desde el momento en que te han encontrado sangrando en el baño. Aunque estoy decidido a no tomarme la misión a la ligera y estudiar otras opciones, podría decirse que este es el mejor candidato.

—¿De qué estás hablando? —le pregunto. Sin embargo, es Pam la que se da por aludida.

—Chica, no puedes negar que Asher Jones está fuerte de cojones. Hace como una hora que te sostiene en brazos. Eso es meritorio, cuando menos.

—Pam siempre da en el clavo. Por eso la queremos tanto, ¿verdad? —Phil se sitúa a su lado y apoya un codo traslúcido en la cabeza de mi amiga, como siempre hacía cuando estaba vivo. Ella no parece notar nada.

—Sabes lo mucho que le molesta eso. Quítate de ahí —urjo a mi marido.

Pam otea en todas direcciones para comprobar con quién hablo. Al no ver a nadie, su cara se torna en una mueca de preocupación.

—Asher, creo que deberías pedirle al médico de urgencias que le miren la cabeza también por dentro. Está muy rara. Parece hablar con alguien que no está aquí.

Capítulo diez

¡Vaya! Nunca lo hubiese imaginado

Domingo, diez de diciembre

—Así que eres médico. —Me he estado devanando los sesos durante cinco minutos antes de encontrar esta frase tan trillada y soltarla así, como quien no quiere la cosa. Pero es que también he tenido que ocuparme de Phil, que se ha sentado en la parte de atrás del coche tan tranquilamente y no para de enumerar las cualidades que posee Asher Jones y por qué cree que estaría bien que me liase con él. ¡De locos!

—No, soy enfermero.

Mis cejas se elevan en contra de mi voluntad. Siento un pequeño pinchazo en la frente, justo donde alguien (imagino que Asher Jones) me ha puesto el improvisado vendaje.

—¡Vaya! Nunca lo hubiese imaginado.

—Yo creo que le pega mucho ser enfermero. Seguro que también le gusta la Navidad. Cada vez me cae mejor este hombre.

Suspiro. Decido no contestar a Phil, ni siquiera mentalmente.

Asher Jones se vuelve hacia mí y me mira con extrañeza. Enseguida en su cara se dibuja otro gesto, uno de intranquilidad.

—La herida vuelve a sangrar. —Me presiona la frente a la vez que devuelve la mirada a la carretera. Tiene que dar un ligero volantazo para evitar que nos vayamos a la cuneta.

—¡Quita! Será mejor que lo apriete yo. Preferiría no sufrir más accidentes en lo que resta de año, al menos.

Su sonrisa va acompañada de un sonido agradable, que me sugiere que se lo está pasando bien a mi costa, o quizás conmigo. Sin darme cuenta, mis labios también se curvan.

Pasamos unos minutos en silencio antes de que Asher Jones pregunte:

—¿No tengo pinta de enfermero?

Me sorprende que haya vuelto sobre el tema. Más que nada, porque no sé qué contestar.

—A ver, no es que no tengas pinta de enfermero, pero... —Me encojo de hombros cuando me percato de que ha dejado de mirar la carretera, de nuevo, para mirarme a mí—. No pareces de esos a los que les gusta recibir órdenes.

Hace una mueca.

—Primero, no sé de dónde has sacado eso de que no sé acatar órdenes —refuta, con una sonrisa maliciosa—, y segundo, los enfermeros no nos limitamos a hacer lo que nos piden los médicos, sin rechistar. Tenemos muchas funciones autónomas…

—Sí, sí, te entiendo. No hace falta que me expliques la teoría. —Corto su diatriba antes de que me dé una *masterclass* sobre su profesión—. Conocí a muchos compañeros y compañeras tuyos durante el ingreso de Phil.

—¿Cáncer? —pregunta, asumiendo que esa fue la causa de la muerte de mi marido.

—Un aneurisma cerebral. Permaneció una semana en coma antes de que… antes de morir —contesto, en voz baja.

Un silbido escapa de entre los labios de Asher Jones.

—Es una de las maneras más duras de perder a alguien.

Vuelvo a encogerme de hombros.

—Como todas, supongo. No creo que exista una forma fácil de despedirse de un ser querido. Simplemente te pasa a ti, o a alguien de tu entorno, y es una mierda.

—Sí, imagino que sí. Yo voy a tocar madera. —Se lleva la mano a la cabeza y se frota el cuero cabelludo.

—El serrín no vale, tiene que ser madera auténtica —le digo, muy seria.

Phil ríe desde el asiento trasero, y Asher Jones, aunque tarda un poco en pillar el chiste, hace lo mismo unos segundos más tarde.

—Te crees muy graciosilla, ¿no?

—A Phil le encantaban mis ocurrencias —comento, melancólica.

—Y aún me encantan, cielo. —La voz de Phil llega amortiguada desde atrás. Cuando me vuelvo, me parece verlo todavía más traslúcido que hace un rato.

Le dirijo una mirada interrogante y él se encoge de hombros, copiando mi gesto.

—No tengo muy claro cómo funciona esto de las apariciones —se justifica—. Soy bastante novato. Pero intuyo que me difumino más a medida que me aproximo a mi objetivo. Parece que os lleváis bien, así que esto va a ser pan comido.

—¿Nos sigue alguien, Maggie? No haces más que mirar atrás.

Me coloco bien en el asiento.

—No, no. Es que no sé dónde he puesto una chaqueta que llevaba… —miento. Pam ya ha pensado que se me estaba yendo la cabeza, así que no necesito que nadie más sospeche.

Oigo la risita de Phil y estoy muy tentada de volver a girarme y pedirle que se calle de una vez.

Cuando llegamos al hospital, Asher Jones aparca justo frente a la entrada de urgencias. Dos camilleros salen a recibirnos con cara de malas pulgas, pero, en cuanto reconocen al conductor del coche, su actitud cambia de inmediato. Uno de ellos se asoma por la ventanilla.

—¿Qué ha sucedido, Rob? ¿Traes a alguien grave? —pregunta.

—Eso no te lo habrá hecho él, ¿verdad? —El tono del otro, aunque es guasón, no está exento de cierta inquietud.

—Me he caído en el baño y me he golpeado la frente con el lavabo —explico yo mientras me apeo.

—A saber qué estabais haciendo, ¿eh, Rob? —El primero esboza una mueca burlona y propina dos fuertes palmadas en la espalda de Asher Jones.

Este niega con la cabeza. Después, lanza las llaves al aire para que las recoja cualquiera de los otros dos.

—Venga, aparcad el coche mientras yo llevo a Maggie a que alguien más serio que vosotros le revise la herida. Lo vuestro no tiene cura; menos mal que lo de ella sí.

Me toma de la mano y tira de mí hacia la recepción. Cuando yo hago amago de pararme ante el mostrador, para facilitar mis datos a la administrativa que lo ocupa, Asher Jones menea la cabeza y me arrastra hacia una puerta que reza: «Solo personal autorizado».

No me suelta en ningún momento, y tengo que decir que noto un calor electrizante en la mano. Su contacto es tan agradable que por un instante me siento de nuevo como la quinceañera que estaba coladita por él.

—Eso es genial, Maggie, vamos por muy buen camino. —La voz de Phil me hace dar un respingo. Suena justo a mi lado.

Casi no me atrevo a analizar lo que está sucediendo. Si me ciño a la lógica, creo que estoy sufriendo algún tipo de alucinación. Soy demasiado cuadriculada y racional para barajar otra posibilidad. Ni creo que exista vida (o lo que sea) después de la muerte, ni creo en los fantasmas ni en nada relacionado con ello.

—¿Por qué no dejas de comerte la cabeza y admites que soy una aparición? Mira, podemos decir que soy un espíritu navideño. —Su cara muta de una expresión neutra a otra de felicidad absoluta—. ¿Te imaginas? Eso sería incluso mejor que atravesar esas dichosas puertas. ¡Ser un espíritu de la Navidad! —Empieza a dar vueltas y vueltas sobre sí mismo—. Un sueño hecho realidad.

Sonrío mientras contemplo las tonterías que hace el fantasma de Phil; desde luego, no era tan movidito en vida. Definitivamente, no es como yo lo recordaba. No acaba de ser el Phil al que yo conocía y al que tanto amé. Sacudo la cabeza ligeramente para deshacerme de esos pensamientos.

Asher Jones me observa preocupado.

—Ya estamos llegando. ¿Te encuentras bien? ¿Te has mareado otra vez?

—No, perdona, estoy bien. Solo me siento un poco desorientada.

Él asiente y aprieta el paso. Enseguida se detiene delante de una puerta y toca con los nudillos antes de entrar.

La sala a la que accedemos es, a todas luces, un área de descanso. Al fondo hay una pequeña encimera con dos cafeteras, un microondas, un fregadero y varios montones de tazas. Un hombre con aspecto atlético extrae un plato de uno de los armarios superiores y se vuelve extrañado al oírnos entrar.

—Jones, ¿qué haces aquí? Pensaba que era tu día libre. ¿A quién has descalabrado esta vez? —Se acerca a nosotros con paso decidido—. Espero que no estuvieras jugando un partido de fútbol con este descerebrado y sus amigos —me dice.

Sin cruzar ni una palabra más, me empuja fuera de la estancia y nos conduce a un box. Me insta a sentarme en la camilla, se pone unos guantes y me retira el improvisado vendaje.

—Sabía que eras tú quien tenía guardia. Me alegra que estuvieras a punto de comer algo y que puedas atenderla de inmediato —comenta Asher Jones, y su compañero, supongo que un médico, asiente con la cabeza sin perder de vista mi herida.

—¿Contra qué te has golpeado...?

—Maggie Williams —responde Asher Jones por mí—. Cooper, perdón; ahora es Maggie Cooper. Es la madre de mi futura nuera. Quizás te acuerdes de ella. Estaba en nuestra clase en el instituto Liberty.

Capítulo once

¿Esto es una puñetera reunión de exalumnos o qué pasa?

Domingo, diez de diciembre

El médico aparta la mirada de la herida abierta en mi frente para dirigirla a mi cara. Igual que hizo Asher Jones el día que nos reencontramos, me observa con intensidad, como si así pudiera dar forma a los recuerdos que conserva de la adolescencia.

—¿La amiga de Pam Spencer? —Ahora sí me mira a los ojos, que yo pongo en blanco—. Soy Stan, Stan Ronaldson. ¿Te acuerdas de mí? Fuimos juntos a la clase de Matemáticas de la señora Winston, en segundo y tercero.

Mis ojos se abren como platos. Stan Ronaldson era un adolescente enclenque, imberbe, apocado y muy empollón, con el que no solo coincidí en Matemáticas, sino también en Biología, en Historia y no sé en cuántas asignaturas más. Lo recuerdo a la perfección; sin embargo, mi recuerdo no se parece en nada a este hombre atlético, resuelto y atractivo que manipula mi cabeza a su antojo.

—¡Stan! Claro que me acuerdo de ti, aunque no sé si te hubiese reconocido si nos hubiéramos encontrado por la calle.

—Es que di el estirón tarde, cuando ya habíamos terminado el instituto. —Se ríe de su propio chiste—. ¿Me explicas qué te ha pasado para abrirte semejante brecha? Después, si quieres, nos tomamos un café y me cuentas qué ha sido de tu vida durante estos últimos treinta años. ¿Sigues en contacto con Pam? Estaba muy enamorado de ella en el instituto, ¿sabes?

—Ahora es mi cuñada —le digo. Me obligo a no poner los ojos en blanco de nuevo. Medio instituto estaba colado por Pam; era guapísima. Bueno, sigue siéndolo, aunque se haya convertido en una matrona voluptuosa.

—¡Qué feo que pienses así de tu mejor amiga! —Phil llevaba callado demasiado tiempo, por lo que se ve.

Le contesto mentalmente:

—No he pensado nada que no sea verdad. Todas sus curvas han aumentado de forma considerable, pero no por eso deja de ser guapísima.

—... ¿Ves, Stan? Eso es precisamente lo que te decía. Se queda ensimismada, como si desconectara del mundo durante unos segundos —oigo lo que dice Asher Jones y regreso a la realidad de golpe.

—¿Ya te sucedía antes o ha sido a raíz del golpe? —me pregunta el médico.

—Yo no me quedo absorta ni nada parecido. ¿De qué estás hablando, Asher Jones?

Stan arquea las cejas y me mira extrañado.

—Hace solo unos segundos, te has quedado paralizada, como si tuvieras un *petit mal*. ¿Sabes lo que es?

Miro a mi antiguo compañero de clase con mis ojos fuera de las órbitas.

—Alguna clase de epilepsia, creo.

—Exactamente: las crisis de ausencia consisten en periodos de pérdida de conocimiento breves y repentinos. ¿Te había pasado alguna vez antes?

Niego con la cabeza. Estoy empezando a acojonarme, la verdad. No sé si debería confesarles que, además, puedo ver a Phil y hablar con él, o si eso propiciará que me lleven de cabeza al pabellón de psiquiatría.

—Espera un poco. No creo que ninguno de los dos necesite esa información. —El susodicho se dirige a mí como si tal cosa, incluso con cierto cachondeo—. No te preocupes, no te ocurre nada malo en la cabeza. Te prometo que solo te has llevado un buen golpe.

Inhalo y exhalo mientras Stan se asegura de que mis reflejos están en buenas condiciones.

—Te diré lo que vamos a hacer —explica—: ahora pediré que te realicen un TAC y veremos si, además de las heridas externas, tienes alguna patología interna. ¿De acuerdo? —Asiento despacio. No me salen las palabras, estoy asustada de verdad.

Stan sale del cubículo y nos deja solos a Asher Jones y a mí. Trago saliva, intentando no llorar.

—¡Eh, tranquila! —Asher Jones me estrecha la mano. Puedo volver a sentir ese cosquilleo justo en el sitio donde se une con la suya—. Ronaldson es el mejor médico de urgencias del hospital. Y una gran persona. No sabes cuánto me arrepiento de los años que pasamos riéndonos de él y gastándole bromas pesadas en el instituto. Menos mal que Stan no es rencoroso, pero de verdad que aún me pregunto qué teníamos en la cabeza los del equipo de fútbol.

—Serrín, ya te lo he dicho en el coche, Asher Jones. No me escuchas.

En el rostro del que durante años fue el chico de mis sueños, asoma una sonrisa. Phil emite una risita. Yo siento un ligero pellizco en el estómago, muy sutil, pero que me hace suspirar.

Durante unos segundos, da la impresión de que Asher Jones va a decir algo, pero finalmente se calla. Me mira a los ojos; parece sorprendido de lo que ve. Como si no pudiera creerse que soy yo la que está aquí, frente a él. O eso es lo que pasa por mi imaginación. A lo mejor él también padece crisis de ausencia como la que dicen que acabo de sufrir yo.

—¿Por qué me llamas Asher Jones? —pregunta de repente, después de tomar aire para infundirse ánimos.

Cierro un ojo y ladeo la cabeza.

—¿No te llamas así?

—Sí, bueno, ese es mi nombre, pero la mayoría de la gente me llama Rob o Jones. Ya casi nadie me llama Asher, y mucho menos, Asher Jones.

—Asher Jones era el nombre que llevabas serigrafiado en la camiseta del equipo del instituto, y nosotras (me refiero a Pam y a mí) siempre te llamábamos así. Me consta que no éramos las únicas.

—Ya, entiendo. —Su cara se ha puesto un poco triste. Más que triste, melancólica—. Sí, tienes razón, en el instituto los chavales solían llamarme así, pero hace años que decidí dejar de ser el capullo que era por aquel entonces, ¿sabes?

—Un poco capullo sí que eras. —Le tomo el pelo.

Hace una mueca. Justo en este instante regresa Stan y rompe la atmósfera que acababa de crearse entre nosotros. De todas formas, me alegro por ello; ahora mismo no sé si soy capaz de lidiar con que alguien se ponga intenso. Y menos, él. Podría decidir que me gusta, y no es lo que quiero en este momento.

—Pues, a mí me gusta muchísimo. Si estuviera en tu lugar, ya se lo habría dicho media docena de veces.

Pongo los ojos en blanco por la afirmación de Phil. Por suerte, ni Asher Jones ni Stan me están prestando atención.

—Hemos tenido suerte: resulta que dentro de una hora hay un hueco y pueden hacerte el TAC, además de una resonancia magnética; tendremos los resultados a última hora de la tarde. También me he pasado por Neurología y van a hacerte un electroencefalograma en cuanto te hayamos cosido esa herida. Así nos aseguramos de que todo está bien ahí dentro. —Hace entrechocar las yemas de sus dedos, como si fuera un villano de dibujos animados—. ¡No sabes cuánto me gusta que la gente me deba favores! —Empieza a preparar un montón de material en una mesita auxiliar—. Mientras esperas a que vengan a buscarte, coseré esa herida tan fea que tienes en la frente. Vamos, túmbate en la camilla.

—Yo puedo encargarme —se ofrece Asher Jones. Es inútil: aunque él no lo entienda, yo no puedo llamarlo Rob, o Jones, ni siquiera Asher. No sé, me parecería estar refiriéndome a otra persona—. Vete a comer lo que sea que estuvieses preparando cuando hemos llegado.

Stan asiente y le cede la mesilla de metal a Asher Jones.

—Toda tuya. —Después, se vuelve hacia mí y, con un ademán, se despide—. No te preocupes, ninguna de las tres pruebas es dolorosa. Lo único que busco es asegurarme de que el golpe solo ha afectado a la frente. Quiero decir, que vamos a cerciorarnos de que tu cerebro está bien y de que también lo estaba antes del topetazo contra ese lavabo.

Aprieto los labios y asiento con la cabeza. Si lo que pretendía era aliviar mi miedo, no lo ha conseguido. En absoluto. Creo que ahora estoy más asustada, si cabe, que cuando ha insinuado que podría estar sufriendo crisis de ausencia.

—Vamos, túmbate —me pide Asher Jones en cuanto Stan abandona el box. Ni se imagina las veces que pronunció esa frase en mis sueños… Si no estuviera tan nerviosa, me reiría—. Voy a aplicarte anestesia y ni te vas a enterar de que estoy cosiendo.

Me invade un temblor, y no precisamente de emoción, al oír esas palabras.

—¿De verdad necesito puntos?

—Sí, algunos. Pero no te agobies, los daré lo más pequeños que pueda. De aquí al día de la boda, ni se verán.

—Eso no me importa. La protagonista ese día tiene que ser Geena, no yo. Me molesta más la idea de saber que una aguja va a atravesarme la piel de forma reiterada.

—Ya te he dicho que ni vas a enterarte. No seas miedica, anda.

Inspiro profundo y hago lo que me pide. Coloco las manos sobre mi abdomen y me sujeto la una con la otra. No quiero que se descontrolen y le den un manotazo a Asher Jones en el momento menos oportuno.

¡Vaya por Dios! ¡Me acabo de dar cuenta de que la aguja no será lo más incómodo en esta situación! Mi enfermero particular va a tener que acercarse mucho a mí para coserme, y tampoco estoy preparada para eso ahora mismo.

Refreno el impulso de olisquearme las axilas para comprobar que no apestan. No quiero brindar ese tipo de espectáculo.

La risa de Phil va *in crescendo* conforme mis pensamientos se desequilibran. Sí, «desequilibran» es la palabra adecuada, porque si lo que tengo en la cabeza no es de desequilibrados, que baje Dios y lo vea.

—Voy a empezar con la anestesia, ¿de acuerdo? Sentirás un leve pinchazo y algo de escozor, nada más. —Doy un respingo en cuanto se cierne sobre mí—. Todavía no te he pinchado. ¿Te han dicho alguna vez que eres una exagerada?

La carcajada de Phil es tan salvaje que me resulta ofensiva.

Los siguientes veinte minutos los paso tratando de aplacar a mi adolescente interior. Esa que chilla y se tira del pelo por tener a Asher Jones tan cerca. Esa que yo pensaba que había madurado, pero que, al parecer, continúa ahí treinta y cinco años después.

—No está bien que yo lo diga, pero te va a quedar una cicatriz preciosa.

—Sigues siendo la modestia en persona —contesto, con retintín.

Asher Jones sonríe. Por cierto, él sí que sigue teniendo la sonrisa más preciosa del universo, cuando su cara de idiota no lo estropea.

—Te he dicho que he hecho un gran esfuerzo por cambiar y dejar de ser el gilipollas que fui en el instituto.

La puerta se abre y por ella entra una rubia que me suena muchísimo. Tiene más o menos mi edad y va vestida con el uniforme del hospital. Me sonríe con calidez, por lo que me veo instada a hacer lo mismo.

—No creas ni una palabra de lo que diga Asher Jones, Maggie. En muchos aspectos, no ha superado la pubertad. A ratos, resulta igual de capullo que cuando estábamos en el Liberty.

He reconocido su voz en cuanto ha comenzado a hablar. Es Tiffany Walker, a quien consideraba una de mis amigas en el instituto, y de la que, sin embargo, llevo más de veinte años sin tener noticias.

—¿Esto es una puñetera reunión de exalumnos o qué pasa? —No puedo medir mis palabras cuando ella se acerca para abrazarme—. ¿Por qué trabajáis todos juntos en el mismo hospital?

Capítulo doce

¿Por qué te estoy viendo?

Domingo, diez de diciembre

—¿No te resulta de lo más desagradable este ruido?

Estoy dentro de la máquina de resonancia magnética y parece como si cien mil enanos de Moria estuvieran forjando las mismísimas puertas de Mithril.

Debido al estruendo, apenas escucho lo que me dice Phil.

—¿Qué?

—Nada, tranquila. Tú misma has contestado a la pregunta.

Cierro los ojos e intento permanecer quieta, tal y como Tiffany me ha pedido. Resulta que ella es la radióloga que le debía un favor a Stan. Es totalmente cierto eso de que el mundo es un pañuelo, y que a veces está lleno de mocos.

Me ha contado que no hace mucho que trabaja en este hospital, y que si entró a formar parte de la plantilla fue gracias a la influencia de nuestro antiguo compañero de clase.

—Ha cambiado un montón, ¿no te parece? —le he preguntado entre susurros nada más salir del box, cuando Asher Jones ya no podía escucharnos.

—Si cuando dices «un montón» te refieres a que parece otra persona, sí, ha cambiado un montón.

—Ya no tiene la misma pinta de empollón insoportable que en el instituto. Me pregunto si estará casado o tendrá hijos.

Tiffany me ha mirado, no sin cierta picardía, y ha contestado con una evasiva.

—Pensaba que a ti quien te interesaba era Asher Jones.

Yo he puesto los ojos en blanco.

—No podría sentirme menos atraída por alguien que por ese capullo prepotente. —En cuanto las palabras han abandonado mis labios, he asumido que no eran del todo ciertas. La verdad es que se me ha acelerado el pulso en cada puñetera ocasión en que me he topado con él durante estas últimas tres semanas.

—Creo que le han roto el corazón varias veces. Es un tipo demasiado bueno, ¿sabes?

—¿Seguimos hablando de Asher Jones?

Tiffany ha reído antes de negar con la cabeza.

—¿Ves como sigues obsesionada con él? —Me ha guiñado un ojo y ha continuado caminando por el pasillo—. Me refería a Stan. ¿No me has preguntado por él al principio de este diálogo de besugos?

—¿Y qué hay de ti? ¿Estás casada?

—A mí, más que romperme el corazón, me lo pisotearon con saña. No quiero saber nada de los hombres, nunca más.

—¡Que no te oiga Pam! O se apresurará a buscarte alguno que le guste a ella.

—¿Seguís en contacto? ¡Qué maravilla! Me gustaría mucho volver a verla.

—Se casó con mi hermana y hace unos años se instalaron ambas en mi casa. Así que, sí, a ratos, tengo mucho más contacto con ella de lo que me gustaría.

Tiffany ha soltado una carcajada. Después, ha frenado en seco, me ha aferrado por el brazo y me ha mirado compungida.

—Siento mucho lo de tu marido. Jones nos lo ha contado antes, mientras te estaban haciendo el electroencefalograma.

—Tranquila —la he interrumpido. Aunque ya han pasado tres años, sigo odiando que me den las condolencias por la muerte de Phil—. Ya hace tiempo de eso.

—No deberías seguir triste por mí, Maggie. —Ahora la voz de Phil suena clara en mi oído. Será algún truco de fantasma, porque me parece increíble escuchar algo pese al ruido que produce esta máquina infernal.

—No estoy triste, lo que estoy es muy enfadada. —No sé por qué me ha irritado tanto que me diga eso. ¿Cómo quiere que no esté apenada por su ausencia?—. Prometiste que moriría yo primero. Te repetí un millón de veces que no quería quedarme en la Tierra si tú no estabas aquí conmigo.

—Lo sé, lo sé. Aunque creo que... no, estoy seguro de que deberías ser un poco más benevolente conmigo. Si pudiera, seguiría a tu lado. Lo sabes. Necesito que me perdones y sigas adelante con tu vida. Eres muy joven, Maggie.

Las primeras lágrimas empiezan a deslizarse por mi cara.

—No sé si podré hacerlo, Phil. No tengo ni idea de cómo.

—Por eso me han mandado aquí.

Quiero ladear la cabeza hacia el lugar del que proviene su voz, quiero mirarlo; por suerte, me acuerdo a tiempo de que Tiffany me ha pedido que no me moviera.

—Dijiste que habías venido para ganar una llave o algo así.

—Bueno, eso también. Pero debo hacer algo por ti. Tengo que liberarte de las cadenas que aún nos unen.

Si el actual Phil no fuera una nube de humo flotando a mi lado, hasta pensaría que está derramando las mismas lágrimas que yo.

—¿Y si no lo hacemos? ¿No podrías quedarte para siempre conmigo?

—No. —Acerca su mano a mi cara y no siento nada: ni frío, ni calor, ni siquiera que me esté tocando—. También te lo he dicho. Si no cumplo con el cometido que me han asignado, me esfumaré del todo, para siempre.

—¿Por qué ahora?

—Es Navidad, Maggie. Mi época favorita del año. Y, si no recuerdo mal, también la tuya.

—Eso era antes. Desde que no estás, la odio a muerte.

—¿Te has convertido en el Grinch? —Sus ojos se hunden hasta la barbilla y sus labios se abren y se cierran como si no pudiera detenerlos—. No, Maggie, eso nunca.

—¿Qué sentido tiene si no puedo pasarla a tu lado?

—El mismo sentido que tenía cuando yo estaba vivo. Es una conmemoración de la vida, del amor. Durante un mes, nos olvidamos de todo lo malo que ha sucedido a lo largo del año y solo pensamos en celebrar, en ver a nuestros seres queridos. Es la época de hacernos regalos y de reunirnos en torno a una mesa llena de gente a la que apreciamos.

—Pero te echo mucho de menos.

—Yo siempre estaré ahí, aunque sea en tus recuerdos. No puedes cerrarte a vivir, a sentir de nuevo, Maggie. Tienes que exprimir cada segundo que estés sobre el planeta; hacerlo por ti y por mí, que ya no puedo. Sobre todo, teniendo en cuenta que tú no crees en la vida después de la muerte, ni tampoco en los fantasmas.

—Entonces, ¿por qué te estoy viendo?

—Quizás yo no sea más que una proyección de tu cerebro.

—No me asustes. Me basta con el canguelo que me ha metido Stan en el cuerpo. ¿Cómo puedes decir que eres una proyección? Yo te veo perfectamente.

—Pero, antes, cuando he intentado tocarte, no me has sentido. Además, ¡yo qué sé! Eres tú la que no cree en los fantasmas. —Se encoge de hombros y desaparece de mi lado con un «pof».

Mierda, a ver si va a resultar que de verdad estoy mal de la cabeza.

Capítulo trece

Una vez es un hecho fortuito; dos, casualidad, y tres, un patrón

Domingo, diez de diciembre

—Todas las pruebas han salido bien, Maggie. No parece que haya nada alarmante en tu cabeza. Quizás solo se te ha bajado la tensión y por eso te has mareado —comenta Stan, con la mirada fija en la pantalla del ordenador.

Me siento tentada de contarle lo de Phil, muy tentada, pero no lo hago. Temo que el fantasma de mi marido sea solo una alucinación, y al mismo tiempo preferiría que lo fuera. Estoy muy confusa, así que opto por no decirle nada a Stan. Creo que no necesita saberlo, al menos por el momento.

—Genial, ¿no?

—Sí, me alegro muchísimo. Por lo que me explicó Jones cuando habéis llegado, temí encontrar «algo» en tu cerebro. Menos mal que no ha sido así.

Suspiro aliviada. La manera en que ha pronunciado «algo» ha sido muy esclarecedora.

Asher Jones coloca una mano sobre mi hombro y me da un ligero apretón. Alzo la mía y le doy unos toquecitos. Antes de que pueda agradecerle todo lo que está haciendo hoy por mí, Tiffany abre la puerta del cubículo en el que nos encontramos. Luce una gran sonrisa.

—Estás de enhorabuena, Maggie. Al parecer, esa cabezota tuya está sanísima, al menos por dentro. —Su risa resulta contagiosa y, en poco tiempo, estamos desternillándonos los cuatro, supongo que debido al alivio que nos embarga.

—Estaba pensando en que, ya que gracias al azar, o a lo que sea, nos hemos reencontrado los cuatro, podríamos aprovechar y quedar para cenar algún día. —La seguridad que irradia el médico queda opacada cuando el Stan quinceañero se hace con el control de su cuerpo adulto—. Además, si dices que ahora eres familia de Pam, tal vez podrías sugerirle a ella que se uniera también.

—Me parece una idea magnífica —se entusiasma Tiffany, y en menos de diez minutos ya hemos decidido la fecha y el lugar donde vamos a reunirnos.

Nunca me había despedido de un médico con besos y abrazos. No me doy cuenta de lo aliviada que me siento hasta que subo en el coche de Asher Jones. Tomo una gran bocanada de aire y me arrellano en el asiento del copiloto.

—Te llevaré a casa. Te están esperando todos ahí. Ya les he dicho que estás bien y que la caída se va a quedar en un susto.

Mierda, con el ajetreo de volver a ver a tantos conocidos de mi adolescencia y de hablar con Phil, se me ha olvidado por completo llamar a mis tres chicas para avisarlas de que no se preocuparan. Soy lo peor.

—Mientras estabas en el TAC, he pensado —empieza Asher Jones, sin poner el coche en marcha todavía y con la vista fija en el frente. Sus palabras estrujan mi garganta como una mano de hierro. ¿Tendrá razón Tiffany y no soy tan inmune a sus encantos como pensaba? Dios mío, ¿qué se le habrá pasado por la cabeza? Y ¿dónde se ha metido Phil ahora que lo necesito para que me anime a seguir adelante, como ha hecho hace un rato?—. Lo nuestro es raro.

—¿Lo nuestro? ¿Qué nuestro? —Me esfuerzo en disimular lo nerviosa que me estoy poniendo.

—¿Sabes? Creo a pies juntillas eso que dice la gente. —Se vuelve hacia mí y su mirada se me antoja intensa, demasiado intensa, pero, al mismo tiempo, muy seductora—. Lo de que una vez es un hecho fortuito; dos, casualidad, y tres, un patrón.

—No puede decirse que eso que tú llamas «lo nuestro» —entrecomillo las palabras con los dedos— haya sido precisamente un encuentro casual. Más bien ha sido intencionado las tres veces.

—¿Tú crees?

—Sí, ¿no? —Su seriedad me hace dudar.

—Yo estoy seguro de que no. Mira, la primera vez, yo no te reconocí en la foto de perfil que habías elegido. —Voy a interrumpirlo, pero alza una mano para que me calle y le permita continuar—. Según tú, fue Pam quien concertó nuestra cita, algo que demuestra que le tienes mucha confianza; yo no sé si me hubiera atrevido a algo así. —Los dos reímos.

—Acudí a la cita solo para no escucharla. También barajé la posibilidad de no ir y fingir que me habías dejado plantada, pero pensé que tú, bueno, mi cita, ya me entiendes, podía escribirle a Pam, creyendo que ella era yo, para preguntar el motivo de mi ausencia, y entonces se descubriría el pastel. Solo de imaginar su reacción al enterarse de que la había engañado, me acojoné y fui al bar ese tan bonito en el que nos citó.

—Tal como sucedieron las cosas, no puedes decir que ninguno de los dos acudiera a esa cita sabiendo quién era el otro, ¿verdad?

—Sí, supongo que tienes razón.

—La segunda vez que quedamos, ¿también Pam te concertó la cita?

—No, esa vez fui yo la que quedó contigo, pero tengo que decir en mi favor que la foto de tus abdominales no me dio ninguna pista acerca de tu cara.

Asher Jones tuerce el gesto. Parece entre divertido y disgustado.

—Esa foto fue idea de Adam. Yo no la hubiese puesto en la vida. Si me paro a pensarlo, hasta me causa vergüenza.

—¿Quieres decir que esos no son tus abdominales?

Si no conociera su historial con las mujeres, podría pensar que se ha puesto rojo.

—Sí, sí, lo son. Lo que intento explicarte es que no soy el tipo de tío que se exhibe de esa manera.

«Permíteme que lo dude». Consigo retener las palabras antes de que salgan de mi boca. Asher Jones se ha portado muy bien conmigo durante el tiempo que hemos estado en el hospital, y no hay necesidad de ser desagradable con él de forma tan gratuita.

—Tu foto con un jarrón de flores frente a una ventana tampoco decía gran cosa acerca de tu aspecto —prosigue—, eso también tienes que admitirlo.

—Creí que nadie se interesaría por mí si ponía esa foto, por eso la elegí. Quería demostrarles a Pam y a Louise, incluso a mí misma, que no tenía reparos en salir con alguien, pero al mismo tiempo me decía que, si nadie se ponía en contacto conmigo, no tendría que quedar con ningún hombre.

—Te entiendo, aunque esa dualidad sea difícil de aceptar.

Elevo las cejas, lo que me recuerda que en la frente tengo una brecha recién cosida. Los puntos me tiran que no veas. Asher Jones se encoge de hombros y, después, continúa:

—La tercera de las ocasiones: hoy al mediodía. Si me llegan a pinchar con una aguja, no sangro. Me he quedado totalmente planchado en la puerta cuando os he visto a ti y a Pam sentadas a la mesa con Adam y Geena. He podido sofocar la risa a duras penas.

—No le ha sucedido lo mismo a ella.

—Después de lo que ocurrió el otro día en el centro comercial, preferí no poner a prueba tu paciencia ni enemistarme contigo. Espero que nuestros hijos permanezcan casados muchos años, y eso implica que coincidiré contigo muchas veces. Además, ya tenía suficiente con una persona que me mostrase hostilidad en la mesa.

—Lo dices por tu exmujer.

Asiente en silencio.

Prefiero no hurgar en el asunto. Adelaide siempre habla de lo mal que su exmarido se portó con ella y con Adam. Lo critica por la forma en que los abandonó, sin querer hacerse cargo del niño. Esa imagen no cuadra, para nada, con la que Asher Jones me ha mostrado hoy a mí. Encaja más con el *quarterback* del instituto, ese al que afirma haber dejado atrás.

Decido retomar el tema anterior y no meterme en disputas que no me conciernen.

—En mi defensa diré que todo el mundo te llama Rob. Parece que los únicos que seguimos llamándote Asher Jones somos los que fuimos al Liberty. Y no todos —apunto, en referencia a sus compañeros del hospital.

—Esa es una historia de la que ahora no me apetece hablar. ¿Te parece que te la cuente en otra ocasión? ¿Quizás ante una taza de chocolate caliente?

—¡Como no le digas que sí, me voy a pasar la noche entera cantando la canción de Enrique VIII, como hacía el de la película *Ghost*! —La voz de Phil en mi oído me hace dar un respingo.

Asher Jones me observa preocupado.

—¿Te encuentras bien?

—Sí, sí. Genial. Aunque creo que va siendo hora de que me lleves a casa. Estarán intranquilos.

—Vale. Solo te entretendré cinco minutos más. Vamos a parar en una gasolinera que queda aquí cerca.

Arranca el coche y circulamos sin mediar palabra los apenas quinientos metros que nos separan de la estación de servicio.

Durante el trayecto, analizo las conclusiones a las que él ha llegado hace unos minutos. Si creyera en la divina providencia, podría achacarle los acontecimientos a ella, pero, como no es el caso, no me queda más remedio que darle la razón. «Lo nuestro es raro de narices».

Asher Jones se baja del vehículo de forma apresurada, antes de que yo pueda decirle que quizás el universo está tratando de mandarnos algún mensaje.

—Joder, aun muerto tengo unas ocurrencias supergraciosas, ¿no te parece?

Meneo la cabeza con energía para ver si así logro sacarme la voz de Phil de su interior, pero lo único que consigo es que su espíritu se materialice a mi lado.

Niego de forma casi imperceptible. Lo último que deseo es que alguien me vea desde fuera del coche y piense que estoy hablando sola de nuevo.

—¿No soy gracioso o es que no quieres verme más? Puedo desaparecer y mover los hilos de esta historia entre bambalinas, como he venido haciendo hasta ahora.

—¿Qué has hecho? —Las palabras resuenan solo en mi cabeza, pero lo hacen con fuerza.

—En realidad, nada malo hasta que me aparecí. —Adopta una expresión realmente apesadumbrada—. Bueno, y tampoco ha sido cosa mía que Geena conociera a Adam; eso lo gestionó algún otro. Te lo aseguro.

Capítulo catorce

La venganza es un plato que se sirve frío

Domingo, diez de diciembre

No me lo puedo creer, el pobre Asher Jones pensando que nuestros encuentros se deben a algún designio del destino y no ha sido más que una broma pesada del fantasma de mi difunto marido.

—Eso no es del todo cierto. No se trata de ninguna broma. A Asher Jones lo estudié mucho antes de decidir que me gustaba para ti y de quedarme con él. Además, ya te he dicho que solo soy responsable de vuestros dos primeros encuentros. Lo cierto es que tengo que decir que me sentía muy frustrado después de cómo acabó el segundo. —Por unos instantes, me pregunto si el humo del que está formado mi marido desaparecerá si soplo con suficiente fuerza; ahora mismo no lo soporto. Como no puede ser de otra manera, él se troncha con la idea—. No lo sé, ya te he explicado que soy nuevo en esto de las apariciones.

Asher Jones regresa al coche y se sienta detrás del volante.

—¡Joder, qué frío hace fuera! —exclama. Restriega las manos una contra otra.

—Eres un exagerado, aún no hemos bajado de los cero grados. Ni siquiera ha caído una nevada como Dios manda.

Por toda respuesta, coloca sus manos sobre mis mejillas. Un escalofrío me recorre de la cabeza a los pies. Y no estoy segura de que se deba tan solo a lo heladas que las tiene.

En cuanto se percata, estalla en carcajadas.

—Te vas a enterar —digo, haciéndome la enfadada.

—¡Ah!, ¿sí? Venga. —Hace una seña para que me acerque a él, pero yo ni me inmuto—. Te estoy esperando.

Su gesto y sus palabras son tan sugerentes que me impiden obviar que ya no hablamos solo de devolverle la broma. Hay mucho más implícito en ellos. Reculo.

—Pero no ahora. La venganza es un plato que se sirve frío.

Asher Jones ríe y pone el coche en marcha de nuevo, no sin antes dirigirme una mirada penetrante. Juro que vuelvo a temblar. Se trata de una agitación agradable, que no había sentido en mucho mucho tiempo.

Podría quedarme enganchada a esa sensación, pero no sé si quiero, y menos con él. Con lo que he oído despotricar a su ex, estaría como una chota si me colgara por Asher Jones.

—Cuando estaba vivo, te dije muchas veces que no tienes que creer todo lo que escuchas. Claro, como tú no sabes mentir, piensas que los demás tampoco lo hacen. ¡Ilusa!

—¡Que te esfumes! —le grito, dentro de mi cabeza, al plomo del fantasma de Phil. Desde luego, cada vez me queda más claro que esa silueta traslúcida no es él. Ni por asomo. Phil no era tan *porculero*. Este fantasma, que dice ser él, no le llega a la suela de los zapatos, aunque se le parezca tanto y me conozca aún más.

—Al final, no me has dicho ni que sí ni que no a la propuesta de tomarnos algo juntos. —Asher Jones rompe el silencio y me saca de mis pensamientos.

Siento un pellizco en el corazón. Soy gilipollas; no tengo quince años. Hace mogollón que los dejé atrás. Aunque doy por hecho que la adolescente que aún vive en mí me amargará la existencia si rechazo una cita con el que era su amor platónico, su locura, lo único que le importaba en el mundo.

—Supongo que podríamos quedar alguna vez. Si no les parece mal a nuestros hijos, claro.

Se vuelve hacia mí y alza las cejas con asombro.

—¿Por qué tendrían ellos que opinar? Y ¿por qué tendríamos nosotros que escucharlos?

—¿Por dónde quieres que empiece?

—Por donde quieras. Me parece absurdo que, con cincuenta años cumplidos, vayamos a preocuparnos por lo que dirán nuestros hijos acerca de que quedemos tú y yo. Además, si no recuerdo mal, ya hemos tenido dos citas. No creo que una tercera les siente peor que las dos anteriores. —No sé si está enfadado o divertido. Habla de forma pasional, pero no le he pillado aún el punto a su sarcasmo. Por eso, cuando me dedica una sonrisa de lo más seductora, me pilla con la guardia baja.

—Por una parte, no creo que lo que hemos tenido hasta ahora se pueda calificar como citas. —«Por otra, sería bastante lioso para nuestros nietos», reflexiono para mí. «¿Estás loca o qué te pasa?», me pregunto, inmediatamente después.

La carcajada de Phil vuelve a retumbar en mi cabeza. Es tan vigorosa que me extraña que Asher Jones no la haya escuchado.

En cuanto aparcamos frente a mi casa y contemplo la fachada, no me queda más remedio que llevarme las manos a la cabeza.

Adam está subido a una escalera de mano, que Geena sujeta. Desde abajo, Pam y Louise les dan órdenes sobre cómo colocar las luces de Navidad que llevaban tres años guardadas en la caja del desván.

—Ese chico cada vez me cae mejor —afirma Phil, a mi espalda—. ¿A ti no?

—No, no, así no es. —Pam le pega un grito tan fuerte a Adam que lo oigo claramente desde el interior del coche. No puedo ver la cara del pobre chico, pero seguro que se está arrepintiendo de haberse ofrecido a ayudar. A lo mejor ni siquiera se ha ofrecido, sino que estas tres arpías lo han obligado.

Antes de que me dé cuenta, Asher Jones se ha bajado del coche y se ha acercado a la escalera.

—Yo la sujetaré, ¿vale? —le dice a mi hija, con amabilidad—. No queremos que el novio tenga que usar muletas el día de la boda.

Geena le cede su puesto gustosa y se ubica junto a sus tías. Yo no me atrevo a salir del coche. ¿Qué voy a decir? ¿Que no quiero esas luces en la casa? ¿Que me parecen demasiado alegres para unas fechas que desearía que ya hubieran pasado?

—Yo no voy a volver, Maggie. Puedes seguir regodeándote en tu desdicha, pero eso no me traerá de vuelta. —La voz de Phil, al contrario que hasta ahora, suena queda, como si me estuviera haciendo una confidencia—. Creía que mi muerte habría servido al menos para que comprendierais lo corta que es nuestra estancia sobre la Tierra. Tienes que disfrutar de todos los días que te quedan, porque, al final, aunque superes los cien años, te parecerán pocos, poquísimos. Siempre encontrarás cosas que te hubiera gustado hacer, personas a las que añorar...

Asiento mientras las lágrimas empiezan a rodar por mi cara. Sé que tiene razón. Sé que es hora de pasar página, pero me cuesta tanto olvidarlo.

Me seco las lágrimas y me reúno con mis tres chicas, que miran cómo trabajan Asher y Adam. Me sitúo entre Geena y Pam y las tomo del brazo.

—Tu hija tenía razón en eso de que su suegro está para mojar pan. Tiene buen gusto la chica —susurra Pam, para que solo yo pueda oírla.

—Oye, ni lo mires. Ya me lo robaste en una ocasión —le contesto, con la voz cargada de reproche, también en susurros—. Y, esta vez, no está aquí Phil para conseguir que vuelva a hablarte.

Se ve que estábamos cuchicheando más alto de lo que pensábamos, porque tanto Louise como Geena se vuelven hacia mí. Los ojos de Pam, por su parte, se abren como platos.

—Me ha pedido una cita y le voy a decir que sí. Y ni se os ocurra poneros a gritar como adolescentes salidas —les advierto, cuando veo sus caras de entusiasmo—. Solo hemos quedado para tomar un chocolate caliente y hablar. —Acompaño las palabras con un gesto de la mano.

Geena parece a punto de dar saltitos y batir palmas; menos mal que logro pararla antes de que empiece. La conozco como si la hubiera parido.

—Esta vez lo consigues. Como si lo viera —dice Pam. Su sonrisa desprende picardía.

—Mamá, pero será mejor que no te pilles de él. Solo úsalo para pasar el rato, porque ya ves todo lo que cuenta mi suegra. —La voz de Geena suena animada, pero no puede esconder un deje de preocupación.

—Y piensa en sus antecedentes —remarca mi hermana.

—¿Este gnomo va aquí? —Adam nos interrumpe. Las cuatro damos un respingo; yo ni me acordaba de que él y Asher Jones estuviesen ahí, y me apostaría algo a que las otras tres también lo habían olvidado.

—Hija, ¿no te dije que lo mejor que podías hacer era decorar tu casa y dejar la mía en paz?

Capítulo quince

Ni que morirse fuera como pasar pantallas de un videojuego

Domingo, diez de diciembre

—Con lo que habéis trabajado, lo mínimo es que os quedéis a cenar. —Pam lo dice de forma tan vehemente que a Adam y a Asher Jones no les queda más remedio que aceptar.

—Por cierto, ahora que dices eso —me apresuro a añadir—, ¿sabes quién trabaja en el mismo hospital que Asher Jones?

—¿En serio tienes que llamarme así? —interviene él—. Tengo dos nombres de pila y un apellido; decídete por uno de los tres, pero no sigas llamándome como en el instituto, por favor te lo pido. —Su expresión es tan teatral que todos se echan a reír.

Seguimos en la calle, fuera de casa. Asher Jones (me da igual lo que él diga: en mi mente seguiré llamándolo así por los siglos de los siglos) y Adam han terminado de instalar las luces y después han asaltado las cajas que cogían polvo en el desván desde que Phil murió. Madre mía, por fin puedo decir esa palabra, aunque solo sea para mis adentros. Hasta ahora no había sido capaz.

—Porque eres una campeona, aunque te empeñes en lo contrario —afirma el fantasma de mi marido, detrás de mí. Vaya, con lo bien que he estado este rato sin que él me molestara—. ¡Qué buen trabajo han hecho esos cinco! Yo no hubiese podido colocar mejor esos elfos.

Pam, Louise y Geena han sacado el montón de figuritas navideñas que Phil coleccionó durante años, y padre e hijo las han ayudado a distribuirlos. Los hay de todas las formas y colores. La mayoría son muy graciosos, y ahora colonizan mi jardín, después de tres años sin ver la luz del sol.

A mí no me han dejado levantar ni el más mínimo peso. Me han obligado a mirar mientras ellos se divertían colocándolos.

—Mejor quédate ahí sentada y tranquilita —me han dicho los cinco; gracias a Dios, no al unísono—. Con el golpe que te has pegado, no estás como para realizar esfuerzos.

Así que no me ha quedado otra más que supervisarlos desde el porche mientras ellos trasteaban por el jardín. En un momento dado, he tenido que entrar en casa a coger una manta porque el culo se me estaba pelando de frío.

Todavía no ha caído ninguna gran nevada este año; aun así, por las tardes, y más aún por las noches, el termómetro desciende de forma significativa, con lo cual estar fuera a estas horas no supone ningún placer.

—Sorpréndeme. —Mi cuñada me devuelve al presente.

—¿Te acuerdas de Stan? Stan Ronaldson.

—¿No estaba con nosotras en clase de Matemáticas?

—Y en media docena más —añado, de camino al interior de la casa.

—Estaba coladito por mí. —Pam, siempre tan vanidosa—. Aunque apostaría algo a que lo que realmente le atraía era mi gran *pechonalidad*. —Su risa es tan contagiosa que le perdono lo presumida que ha sonado al principio—. ¿Sigue siendo un tirillas?

—Pues, la verdad es que no...

—Hace poco también se ha unido a nosotros Tiffany Walker. —Asher Jones no me deja acabar la frase. ¿Eso que ha reverberado en su voz eran celos?

—A mí me parece que sí, que te ha interrumpido porque no le gustaba nada lo que ibas a decir. Por muy cierto que sea. —Phil de nuevo me da la turra, esta vez sobrevolando mi coronilla.

—¿Tiffany Walker? ¿Nuestra Tiffany Walker? —Pam me mira y nos señala a ambas con un dedo.

—Esa misma —corroboro.

—¿Quieres decir que está en la ciudad y no ha contactado con nosotras para que nos veamos?

—¡Oh, Pam! Venga ya, no puedes recriminarle nada. Hace eones que perdimos el contacto con ella. ¿No te das cuenta de que lo raro es lo tuyo y mío?

—Sí, eso también es verdad. —Hace una pausa, antes de volver a hablar con su entusiasmo habitual—: ¿Sabéis qué deberíamos hacer? Quedar los cinco para cenar. Sería muy divertido.

—Ya hemos decidido la fecha, la hora y el lugar, monada. Aunque, a este paso, se nos van a juntar un montón de celebraciones antes de Navidad.

La risa estentórea de mi cuñada resuena por toda la cocina.

—Sobre todo, a ti. —La pullita de mi hermana no se hace esperar. Ya estaba tardando en meter baza.

Me llevo las manos al puente de la nariz, ante la clara alusión a la cita que tengo pendiente con Asher Jones.

Las palabras de mi hermana nos obligan a mirarnos. En los ojos de él percibo un brillo juguetón que no estaba ahí hace solo unos segundos. Sonríe y baja la cabeza. Es tan mono. Madre mía, ¿quién iba a pensar que estaría deseando quedar con él?

—Vamos progresando. Así me gusta, así me gusta.

—Phil, ¿cuándo piensas esfumarte? —Formulo la pregunta en mi mente. No quiero que vuelvan a tacharme de ida ahora que las pruebas han salido bien.

—¿Recuerdas que te dije que no tenía permiso para aparecerme? —Hago memoria; sí, creo que me comentó algo—. Pues, bien, estaba tan ansioso porque las citas que os preparaba a Asher y a ti no funcionaban que pedí consejo a alguien que estaba allí desde hace tiempo.

—¿Allí, dónde?

—En el sitio en el que aguardaba para entrar al definitivo. No me escuchas, Maggie. Todo esto ya te lo he contado antes.

—¿Estás seguro?

—Mamá, mamá, ¿estás bien? —La ligera sacudida que me da Geena me saca de golpe de la conversación que estaba manteniendo con su padre. O con el espíritu de este.

—Sí, cariño, solo algo ensimismada. Tengo que ir al lavabo. Ahora vuelvo.

Mi hija me dedica una sonrisa espléndida. Está contenta por mí, lo sé. Hace tiempo que me insta a encontrar a alguien que me ayude a seguir adelante. Al menos, no le ha sentado mal que su suegro y yo quedemos, porque eso podría haber supuesto un problema. Por otra parte, también me alegra que no esté al tanto de que Phil y yo estamos manteniendo conversaciones de lo más absurdas. Si llegara a sospecharlo siquiera, creo que le explotaría la cabeza.

Una vez en el baño de mi habitación, el más alejado de la cocina, digo en voz alta:

—Por favor, Phil, explícame con detalle en qué lío te has metido esta vez.

—No es ningún lío, Maggie, de verdad. Saldré de esta. —Si no estuviera tan nerviosa, me reiría al verlo retorcerse las manos. Ese gesto significa que no tiene ni idea de qué hacer.

—¿Con quién hablaste? ¿Quién te aconsejó que te me aparecieras? No sé, dame algún hilo de donde tirar. No me ayudas, Phil, no me ayudas. —Soy consciente de que he subido el tono de manera innecesaria. El fantasma puede escuchar lo que pienso, ¿para qué me molesto entonces en hablar y arriesgarme a que alguien me pille?

—Lo cierto es que yo tenía muchas ganas de despedirme de ti. Con lo deprisa que me marché, no tuve tiempo de hacerlo. —Voy a decir algo, pero me lo impide—. Necesitábamos cerrar ese capítulo, los dos. Supongo que por eso yo estaba estancado en ese «nivel», podemos llamarlo así. Me parece la denominación más acertada.

—Vale, lo entiendo; para mí también ha sido muy liberador. Y aunque a ratos desearía que nunca te fueras, en otras ocasiones no puedo reconocer al fantasma en que te has convertido.

—Ya, eso es lo que me advirtió ese tipo. El que también está estancado en ese «nivel» del que te he hablado. Que cada vez me sentiría menos yo mismo si me aparecía. Pero me aconsejó que lo hiciera de todas formas: a otros les había funcionado bien, a pesar de estar infringiendo las normas.

—Phil, ¿de verdad no eres una alucinación mía?

—Te aseguro que no. Me ha costado mucho llegar hasta ti, Maggie. Sin embargo, ahora que parece que ya se ha hecho realidad mi deseo de verte feliz, debería poder regresar. No sé por qué no lo consigo.

—¿El tipo ese no te dio más instrucciones?

—No.

—Y ¿no puedes comunicarte con él de alguna manera?

—¿Crees que no lo he intentado?

—¡Yo qué sé! Solo te veo flotando a mi alrededor. No tengo ni idea de lo que haces el resto del tiempo.

—A ver, en teoría, y según él, si puedes verme es gracias a la magia de la Navidad.

—¿La magia de la Navidad? —repito, como una idiota—. Phil, faltan quince días para Navidad. No creo que la magia empiece tan pronto. —De repente, se me ocurre una idea muy angustiosa—: Phil, ¿quién era el tipo que te asesoró? ¿Por qué lleva tantos años varado en ese «nivel» del que hablas?

—Es un tipo muy simpático y nos llevamos genial.

—Ya, pero, ¿qué hizo para quedarse en ese nivel? ¿Por qué no progresa al siguiente?

—Incumplió las normas.

—¡Phil! Te ha tendido una trampa. Si dices que os lleváis bien, querrá que te quedes con él, que tampoco progreses.

—¡No! Eso no es posible. No lo quiero creer.

—Bueno, puede que no quieras, pero aquí estás, haciendo algo prohibido, igual que hizo él. Por cierto, ¿quién te explicó las normas? No sería ese personaje, ¿no?

—No, qué va. Nadie me las explicó, simplemente las supe en cuanto llegué allí. Igual que cuando te oigo hablar a pesar de que no abras la boca. —Resoplo al darme cuenta de lo que puede haber pasado—. Con Caín no puedo hacer eso; lo digo porque veo qué estás pensando. No podemos comunicarnos de ese modo. Solo los jefes pueden. Bueno, y ahora, tú y yo. Pero diría que es por la conexión tan fuerte que tengo contigo, ya que no puedo escuchar a nadie más. O quizás sea porque la misión que me asignaron…

—Vale, recapitulemos —lo interrumpo—: después de morir, llegaste a un sitio al que hemos llamado «nivel», donde «los jefes» te dieron unas instrucciones por vía telepática. ¿Es así?

—Sí, más o menos.

—Tu cometido era que tú y yo rompiéramos nuestros lazos. ¿Lo único que se te ocurrió fue liarme con otro?

—A ver, no es que tuviéramos que romperlos de forma definitiva, solo conseguir que no fueran tan fuertes ni tan dolorosos. Me dijeron que esos lazos eran lo que me mantenía pegado a ti y que por eso no podía pasar al siguiente «nivel».

—Ni que morirse fuera como pasar pantallas de un videojuego…

Phil se ríe. Sin embargo, su risa cada vez suena cada vez más distorsionada.

—Maggie, no te preocupes, lo solucionaré. Solo confía en la magia de la Navidad, como yo siempre he hecho.

Todavía no he podido terminar de procesar esas palabras cuando, a través de la puerta, oigo una voz que ya estoy empezando a conocer demasiado bien:

—Maggie, ¿estás ahí? ¿Te encuentras mal?

Madre mía, madre mía. ¿Cómo se les ha ocurrido a esas locas enviar a Asher Jones a por mí, y encima hacerlo entrar en mi habitación? En serio, estoy convencida de que no soy la única que sigue atascada en los quince años. Las voy a matar, sin anestesia ni nada.

—No, no, estoy perfectamente. No te preocupes, ahora salgo. Me he entretenido un poco más de lo que pensaba.

—¡Qué cantidad de libros tienes aquí! —Debe de haberse acercado a la estantería que colocamos hace unos años en la pared más larga de la habitación, y que está hasta los topes.

—Hay que ganarse el derecho a formar parte de esa estantería. Ahí solo incluimos los títulos que más nos han gustado, o los pendientes, para que tengan, aunque sea, sus tres minutos de gloria —digo, tras salir del lavabo y cerrar la puerta—. El resto está en el sótano, en una librería el triple de grande que esta.

Echo un vistazo rápido a la habitación para asegurarme de que todo sigue en su sitio. Esta mañana no me he probado tantos vestidos como otras veces, pero que la cama estuviera llena de ropa sería lo de menos.

Asher Jones se da cuenta y también mira alrededor con curiosidad.

—¿Sabías que la mayoría de las personas continúa durmiendo en su lado de la cama después de una ruptura o, como en tu caso, de perder a su pareja?

—¿Por qué?

Se encoge de hombros.

—Por costumbre, supongo. Todavía no he conseguido averiguar el motivo real. Lo que sí puedo decirte es que tumbarte justo en el centro resulta muy liberador.

—Y muy incómodo si tienes que levantarte a hacer pis por la noche —comento, echando a andar hacia la puerta. Me resulta muy violento tener a Asher Jones en mi dormitorio, es demasiado íntimo.

Bajamos al comedor, donde las chicas me reciben con distintos grados de entusiasmo. ¿Piensan que hemos tenido tiempo de hacer algo en la habitación o qué les pasa? «Te diré lo que les sucede: que son tontas de remate. Eso les sucede», me digo, no sin cierta frustración.

Phil, a mi espalda, se ríe. Otro al que voy a matar. No sé cómo podría liquidar a un fantasma, pero juro que lo haré.

Capítulo dieciséis

Me estás volviendo loca de remate

Domingo diez de diciembre

Después de la cena, Adam y Geena se marchan de inmediato, aduciendo que mañana tienen que trabajar. Louise y Pam se recluyen en la cocina para fregar los platos; aunque Asher Jones se ha ofrecido a ayudarlas, no lo han consentido.

—¿Tú no trabajas mañana? —le pregunto, al ver que no tiene ninguna prisa en marcharse.

—No. El hospital me debe algunos días libres y debo gastarlos antes de que termine el año, así que me he montado unas minivacaciones. ¿Qué hay de ti?

—Yo trabajo todos los días, o casi todos, aunque mis horarios son mejores que los de un enfermero, supongo.

—Al menos, dime que tienes las tardes para ti. Me has prometido que iremos a tomar algo. —Sus ojos refulgen cuando me mira, y eso hace que me sienta muy ligera, casi levitando. Me pregunto si será un efecto del vino que he tomado durante la cena o que de verdad me apetece esa cita con él.

—Las tengo totalmente libres. A no ser que Geena me necesite para preparar algo de la boda, son todas para mí.

—De acuerdo. —Se pone en pie—. Entonces, mañana pasaré a recogerte sobre las siete.

Ni siquiera me pregunta si me viene bien; da por hecho que no tendré problema en quedar con él. En cierto modo, creo que su actitud debería molestarme, pero ahora mismo no puedo pararme a analizar si lo hace o no. Tengo más que suficiente con procesar la manera en que Asher Jones me mira.

Me levanto de la mesa y aprovecho para romper la conexión visual que se había establecido entre nosotros. Lo acompaño a la puerta. Antes de que pueda cerrarla tras él, tira de mí y me hace salir al porche.

—Espero que te apetezca tanto como a mí que mañana nos veamos, porque no sé si podré esperar hasta las siete de la tarde para recogerte —me dice, sin soltar mi mano.

Yo trago saliva. Un leve hormigueo me estremece los labios y la lengua. Estoy muy nerviosa, tanto como una colegiala.

—Sí, yo también estoy ansiosa porque llegue mañana —digo. No puedo evitar que mis ojos recorran varias veces el camino que va de los suyos a su boca.

Asher Jones sonríe y me acaricia la mejilla con el pulgar.

—Hasta mañana, entonces.

Y, sin más, se da la vuelta y se va, dejándome con las piernas temblorosas y el corazón desbocado.

Cuando entro en casa, Pam y Louise me esperan en el recibidor: la primera, con cara de pilla y las manos apoyadas en sus orondas caderas; la segunda, con un punto de preocupación en la mirada.

—Bueno, bueno, bueno. ¿Hay algo de lo que quieras hablarnos, hija mía? —inquiere Pam, infundiendo a sus palabras un tono maternal que la hace reírse de su propio chiste.

—Por ahora, nada de nada —contesto. Evito mencionar el estado de ansiedad en el que me ha dejado Asher Jones tras su partida.

—No sé si creerme lo que dicen tus labios o lo que transmiten tus ojos.

—¿Estás bien, hermanita? —Louise me da un abrazo.

—Sí, lo estoy.

—Hoy ha sido un día intenso. —Pam toma la palabra—. Quizás sea hora de meternos en la cama de una vez y procesar todos los acontecimientos de la jornada. ¿Qué te ocurrió en el cuarto de baño del hotel? ¿Te mareaste?

—Algo así. —No pienso confesarles que se me apareció el fantasma de mi difunto marido ni aunque me sometan a tortura. Estas dos serían capaces de llevarme de cabeza al psiquiátrico, o algo peor.

—Yo no me refería a eso —aclara Louise—. Lo que yo quería saber era cómo has encajado que Asher Jones sea el padre de tu futuro yerno, y cómo te ha sentado pasar el día con él.

—Ha sido muy amable y se ha portado de maravilla conmigo. No puedo decir otra cosa. La impresión que me llevé hace quince días, cuando creí que seguía convencido de ser el rey del instituto, ha resultado errónea.

—Ya, entiendo. Sin embargo, opino que deberías ir con cuidado e intentar no colgarte de Asher Jones. La madre de Adam no ha hecho otra cosa más que echar pestes de él desde que la conocemos, aunque no tuviéramos ni idea de quién era el tal Rob.

—¡Por lo que más quieras, Louise! Ese sermón llega muy tarde. Tu hermana lleva prendada de ese hombre desde que tenía quince años. Su reencuentro solo ha avivado las llamas de un fuego que estaba dormido.

—¡Qué idiotez! Yo ni siquiera había vuelto a pensar en él desde que conocí a Phil. Es más, quedaré con Asher Jones solo por no hacerle un feo, pero no me interesa para nada liarme con él. Solo de pensar en lo confusa que les resultaría nuestra relación a los hijos que puedan tener Adam y Geena, se me quitan las ganas.

—¡Ajá! Eso significa que ya te has planteado la posibilidad —exclama Pam, al tiempo que da una sonora palmada en el aire.

Mi cara enrojece como un tomate. Ella rompe a reír y me señala con el dedo, en plan listilla.

—¡Niñas, niñas! Basta ya de tonterías. Es hora de irse a dormir y descansar un poco. Sobre todo, tú, hermanita. Ya hablaréis de vuestros ligues mañana.

—¡Oye! Que aquí la única que está ligando es Maggie. Yo hace años que estoy rendida a tus pies.

Pongo los ojos en blanco cuando se besan con pasión.

—¡Buscaos un hotel! O, mejor, idos a vuestra casa de una vez y dejadme en paz.

—Ni lo sueñes, cuñadita. —Pam ha soltado los labios de mi hermana para coger aire—. Ahora es cuando más ganas tengo de quedarme aquí para ver qué sucede con tu vida.

—Maggie —Asher Jones se acerca tanto a mí que percibo su susurro sobre mis labios—, Nunca hubiese imaginado que alguien de mi pasado más remoto me hiciera sentir las cosas que tú me provocas. No lo entiendo, ni quiero entenderlo. Solo sé que si el destino, los hados o quien sea nos ha hecho coincidir en tres ocasiones, por algo será. Así que no pienso resistirme a lo que despiertas en mí, y espero que tú tampoco lo hagas.

—Asher Jones, yo… —Mi aliento se mezcla con el suyo. El corazón me late tan deprisa que estoy segura de que él lo nota a través de la ropa.

Nerviosa como estoy, no siento el frío que hace a nuestro alrededor. Solo sé que está tan cerca que podría besarlo, y eso me apetece mucho. Lleva treinta y cinco años apeteciéndome.

—Me gustas mucho, y sé que yo también te atraigo. Lo leo en tus ojos. Lo que no comprendo es el porqué de esta atracción justo ahora, cuando no busco nada serio con nadie. Es como si alguien me empujara hacia ti.

Me despierto de golpe y me siento en la cama. Tengo la respiración entrecortada. El sueño era tan vívido que hubiese jurado que era real.

—¿Eso ha sido cosa tuya? —susurro.

—No sé de qué me hablas —responde Phil, con toda la inocencia del mundo.

—No lo niegues. Estabas creando imágenes en mi mente.

—Te juro que no. Si a duras penas he conseguido hablar contigo y revelarte mis planes, ¿cómo pretendes que me meta en tu mente?

—Esto es una mierda como un piano.

—¿El qué?

—¿«El qué»? Pues, que estés aquí.

—Ya, yo también pienso que solo estorbo, pero no sé cómo regresar.

—Con todas las veces que he deseado que estuvieras de nuevo conmigo y ahora quiero echarte. —Me pongo a llorar como una idiota. No sé si porque de verdad quiero que se vaya o si, por el contrario, porque quiero que se quede. Quizás lo hago porque el sueño era tan vívido que el corazón aún me late a mil.

—No llores, por favor, Maggie. Sabes lo nervioso que me pone eso. ¿Quieres contarme de qué iba el sueño? Quizás eso te ayude a tranquilizarte.

—Nunca sabré si Asher Jones se siente atraído por mí de forma genuina o si es consecuencia de que tú nos has manipulado. —El llanto arrecia y, con él, también mis hipidos. Puedo comprobar lo mucho que altera a Phil; en esto no ha cambiado.

—¡Oh! Es por eso. Entiendo. —Su tono cambia de repente y suena mucho más alegre—. No tienes que preocuparte, en absoluto. Yo no tengo nada que ver en eso. Nada de nada. Fui incapaz de que las citas funcionaran, ¿recuerdas?

—Sí, pero también me explicaste que gracias a ti nos habíamos encontrado de nuevo.

—Las dos primeras veces, sí. En la tercera (que, a mi modo de ver, ha sido la definitiva), no tuve ninguna implicación. También te lo comenté. Si Asher Jones y tú llegáis a ser algo más que consuegros, no será por causa mía.

—¿Será eso lo que te retiene aquí?

—No lo sé. Todavía estoy tratando de averiguarlo. También me planteo la posibilidad de que tú no estés convencida de dejarme ir de una vez.

—Estoy casi segura de que no es eso. En algunos momentos logras sacarme de quicio.

—Ya, eso dices, pero ¿cuánta verdad hay en ello?

—¡Ay, Phil! Me estás volviendo loca de remate. Está claro que preferiría que estuvieras conmigo para siempre, pero, si eso nos va a hacer desgraciados a los dos, no tiene sentido. ¿No crees?

—Es cierto. Tienes razón. —Empieza a vagar por la habitación. Se pellizca los labios, como cuando reflexionaba con detenimiento—. Quizás debí aparecerme al tal Asher Jones y no a ti, para decirle qué cosas te gustan más y como conquistarte.

—Phil, ¿cómo puedes insinuar eso siquiera? Acabo de decirte que, a este paso, nunca sabré si Asher Jones me gusta de verdad o si eres tú quien me guía hacia él, y a ti no se te ocurre otra cosa sino insinuar que deberías darle instrucciones. —No sé si reír o seguir llorando. Esto es un sinsentido.

—Otra vez estás en lo cierto. —El pobre suena abatido—. Solo me queda esperar el milagro de la Navidad. Venga, vuelve a dormirte. Mañana tienes que estar muy guapa para tu cita. Y no lo digo para que me liberes de las ataduras que me mantienen anclado a la Tierra, ¿eh? Sabes que quiero verte feliz.

Dicho esto, desaparece sin darme opción a réplica.

Me tumbo en la cama y respiro hondo varias veces. No creo que consiga dormirme de nuevo, así que mañana tendré unas ojeras peores que las de un panda.

Capítulo diecisiete

Temblando como un flan por un chico

Lunes, once de diciembre

Desde que termino de comer, no paro de moverme. Me siento en el sofá y enseguida me noto incómoda; me cambio a una de las butacas y me parece sentir un clavo pinchándome en la espalda. Me voy a la cocina y me preparo un té, que acabo desechando por el fregadero.

Subo al piso de arriba y ojeo la ropa que hay en el interior de mi armario sin llegar a verla. Solo puedo pensar en que no tengo nada adecuado que ponerme y que debería salir de compras. Después, me sermoneo y me insto a no ser ridícula. «Solo es una cita en plan charla. Vamos a tomar un chocolate caliente, nada serio», y vuelvo a empezar todo el recorrido desde el sofá.

Cuando Pam y Louise llegan a casa, ya estoy tan nerviosa que me subo por las paredes. Entran en la cocina y, con una sola mirada, mi amiga se hace una idea de la situación y se echa a reír como la idiota que es.

—Hacía siglos que no te veía así.

—¿Así, cómo?

—Temblando como un flan por un chico.

—¡Ya ves!, ¡desde que conocí a Phil! —Me llevo las manos al pecho para mitigar un poco la velocidad de mis latidos—. Han pasado treinta años, o más, desde mi última primera cita. Te aseguro que eso es para jóvenes, no para una cincuentona como yo. Estos nervios me van a dejar seca de un infarto. No creo que el corazón de alguien de mi edad se pueda acelerar de esta manera sin acarrear consecuencias.

—Maggie, siempre has sido más exagerada que el que le puso el nombre al saltamontes, pero lo de hoy se lleva la palma —dice mi hermana. Si lo hace para tranquilizarme, está consiguiendo justo lo contrario—. ¿No dijiste que solo habías quedado con él para tomar chocolate? ¿Qué te hace pensar que vais a tener una cita?

Pam le hace una seña a Louise para que se calle, y mi hermana, en respuesta, sale de la cocina murmurando algo sobre comportarse como una quinceañera.

—Dijiste que ya no te gustaba Asher Jones. —Pam me frota la espalda con cariño tras sentarse a mi lado.

—¿Gustar? No sé si esa es la palabra. Si se tratase de eso, Louise tendría razón al decir que me estoy comportando como una quinceañera. No, lo que siento es una atracción que no esperaba experimentar a estas alturas de mi vida.

—¿Estás bien? —Sé a qué se refiere. Quiere saber si me veo preparada para seguir adelante.

No sé qué contestarle. No puedo decirle que el fantasma de Phil me ha empujado, de forma literal, a los brazos de Asher Jones, y que eso es lo que me hace sentir más confusa.

—Si acepté esa invitación fue porque me apetecía quedar con él, Pam. No tienes que preocuparte por mí. Como mi hermana y tú afirmasteis el otro día, debo salir a flote. El único problema que le veo a Asher Jones es que tengo mucha implicación con él. Y no solo me refiero a que estaba loquita por sus huesos en el instituto, sino también a que nuestros hijos se van a casar. No puedo obviar eso, aunque lo intente.

—Maggie, cariño, Geena ha hecho su vida y tú tienes derecho a rehacer la tuya. Los hijos vuelan del nido, y eso es lo que ha hecho nuestra niña. Lo que tú decidas ha de ser pensando en ti y en nadie más. Sé egoísta por una vez; no va a suceder nada malo por eso, ni tampoco va a haber quien te lo recrimine.

Sus palabras aún flotan en el aire cuando suena el timbre de la puerta.

—Es él —digo, y me levanto de la silla dando un brinco.

Pam se ríe de mí mientras se dirige a la entrada para abrir. No necesito que ejerza de madre, con una tengo bastante, de modo que, cuando me doy cuenta de lo que pretende, la adelanto a toda prisa. Esa es la razón por la que, en el momento en que Asher Jones aparece ante mí, me quedo sin aliento. Sí, definitivamente, esa es la razón, ninguna otra.

Está impresionante, y eso que solo puedo vislumbrar su chaquetón, la bufanda que lleva en torno al cuello, parte de sus vaqueros y sus zapatos. Pero el conjunto es tan armónico que me deja unos segundos con la boca abierta. Tal como solía sucederme hace treinta años.

Sin siquiera saludarlo, me encamino hacia el perchero con premura. Para variar, está abarrotado de prendas de abrigo, y me aturullo a la hora de escoger una chaqueta que ponerme, lo que provoca que la mitad de las que están colgadas vayan a parar al suelo. Me agacho para recogerlas, soltando más de un improperio. Enseguida Asher Jones se acuclilla a mi lado.

—¿Tú también estás tan nerviosa como si esta fuese tu primera cita? —pregunta, con voz dulce, sin dejar de mirarme a los ojos.

Le devuelvo la mirada e inhalo una bocanada de aire tan profunda que me obliga a entreabrir la boca.

—¡O más! —contesto. Su pregunta me ha parecido una declaración tan tierna que casi muero de amor. Además, prefiero ser sincera, porque ahora he tirado los abrigos, pero dentro de un rato puede ser cualquier otra cosa.

Asher Jones me dedica una sonrisa que ilumina el vestíbulo entero. Dios mío, de verdad que esto es como volver a los quince. «¿No te estarás comportando como una mujer madura patética?», dudo, desolada. Sin embargo, mis labios imitan su gesto y esbozan otra sonrisa del mismo calibre que la suya. Él me guiña un ojo. «Vale, ya somos dos los que actuamos como cincuentones histriónicos. Eso debería tranquilizarme, en el peor de los casos».

—Que los abrigos se queden en el suelo. La culpa de que se hayan caído es de Pam y Louise, que siempre sobrecargan el perchero con sus trastos —digo mientras me pongo en pie. Asher Jones lanza una carcajada y también se levanta.

—¿Nos vamos? —Me ofrece el brazo para que me apoye en el hueco de su codo.

Lo miro de soslayo y no me lo pienso. Si lo hago, caeré en la cuenta de que ese gesto me hace parecer, definitivamente, una señora. Paso. Lo tomo del brazo y salimos de casa sin decir adiós a Pam, aunque me consta que está escondida en la cocina espiando cuanto ha ocurrido en la puerta.

—¿A dónde me vas a llevar a cenar?

—Pensaba que habíamos quedado en tomar un chocolate.

—Sí, por eso te has arreglado más que yo y has venido a buscarme a la hora de la cena, claro.

Asher Jones se ríe por mi salida de tono.

—De hecho, se ríe de casi todo lo que dices. —La voz de Phil a mi espalda me hace dar un brinco en el asiento del coche.

—¿Qué sucede? ¿Te encuentras bien? —Asher Jones da un leve volantazo que me asusta de nuevo.

Intento disimular mi azoramiento.

—Perfectamente, aunque la próxima vez conduciré yo.

—¡Eso está bien!

—¿El qué? ¿Que conduzca yo?

—No. —Hace una breve pausa, durante la que me mira con una media sonrisa, y contesta—: Que te parezca bien que haya una próxima vez.

Su voz suena exactamente igual que cuando se ha acuclillado junto a mí en casa. Destila un tono tierno a la vez que sugerente, y hace que se me erice la piel de la nuca de una forma muy agradable.

De verdad, no me había dado cuenta de lo necesitada que estaba hasta ahora.

Phil dibuja una sonrisa serena. No me hace falta mirarlo: lo conozco como si hubiésemos estado casados casi treinta años. En estos momentos, se encuentra superpagado de sí mismo. Casi puedo oír lo que piensa: «Te lo dije».

—Es que te lo dije —escucho en mi cabeza—. No quería asustarte, y mucho menos molestar. Solo me he pasado a verte porque tengo algo que decirte. He conocido a otro fantasma como yo; seguro que entre los dos averiguamos cómo volver y dejar la Tierra de una vez por todas. —Trago saliva—. ¡Oh! Vamos, Maggie. Ya hemos hablado de eso. Esta noche quiero que te lo pases muy muy bien. Si no lo haces, ya sabes a qué atenerte. —Antes de que pueda preguntar, él me contesta—: Me apareceré a Asher Jones y le dictaré una por una las cosas que debe hacer para conquistarte. Si bien es cierto que, por lo que he visto hasta ahora, no precisa de mi ayuda para nada.

Como ya es costumbre, se esfuma sin que yo pueda darle mi opinión o quejarme de lo que planea.

—Estás muy callada. ¿Seguro que te sientes bien?

Las palabras de Asher Jones me devuelven al aquí y al ahora. Tengo que esforzarme más para no parecer tan ausente; entiendo que eso puede preocupar a los demás.

—Mejor que en mucho tiempo. Aunque me ha costado bastante disimular esa herida tan fea de la frente.

—¿Perdona? Te di unos puntos tan pequeñitos que apenas se ven. Ni se te ocurra insinuar que han quedado mal.

Esta vez la que se ríe soy yo.

—¿Me vas a contar por qué decidiste estudiar Enfermería?

—No lo sé, es una historia con un inicio muy triste. No me parece adecuada para nuestra primera cita.

Todos y cada uno de los pelos de mi cuerpo se me han puesto de gallina al mismo tiempo. Mi corazón vuelve a hacer cabriolas en el pecho.

Tan solo he tenido que esperar la mitad de mi vida para escuchar esas palabras de labios de Asher Jones.

La verdad es que hacía muchos años que no pensaba en él, ya ni me acordaba siquiera de lo loca que me había vuelto en el instituto. Sin embargo, parece que donde hubo fuego, brasas quedan, y las mías cada vez están más encendidas.

Capítulo dieciocho

Yo estaba allí, ¿recuerdas?

Lunes, once de diciembre

—Me has traído a un sitio demasiado elegante, no me he vestido de forma apropiada para esto —protesto, nada más traspasar el umbral del lujoso restaurante donde ha reservado Asher Jones. Estoy tentada de añadir: «Ya me tienes en el bote, no hace falta que te esmeres tanto», pero me callo a tiempo. Aunque ambos sepamos que es cierto, tampoco es necesario que se venga tan arriba.

El *maître* nos acompaña a nuestra mesa. Está al lado de la ventana, con unas vistas magníficas sobre el río.

Las luces de Navidad se encienden y se apagan en las casas de la otra orilla, creando graciosos patrones y dotando a la noche de un encanto mágico.

Mi mirada se pierde entre ellas y más allá.

—Desde que Phil murió, he odiado la Navidad, las luces, los adornos, todo. Solo porque pensaba que él ya no estaba aquí para disfrutarla. —Necesito hacerle esta confesión antes de que suceda nada entre nosotros. Porque estoy segura de que así va a ser, y me gustaría sacar lo que llevo dentro antes de arrojarme en sus brazos.

—Se trata de una reacción comprensible y completamente normal. Por lo que sé, estabais muy unidos, ¿verdad?

—Sí. Faltó muy poco para que yo cometiera una locura cuando él murió. Si no me marché con él fue solo porque pensé en Geena y en lo sola que iba a sentirse. —El camarero nos ha servido una copa de vino mientras hablábamos y yo me la llevo a los labios—. Bueno, y porque mi hermana y Pam no me quitaban ojo de encima. Por eso se mudaron conmigo.

Asher Jones sonríe mientras niega con la cabeza. Me mira, aunque con menos intensidad que antes. Supongo que hablar de mi marido muerto no favorece que se abalance sobre mí, pero, en serio, necesito verbalizar esto en alto antes de dejarme atacar.

Prosigo:

—Lo que quiero decir es... No sé cómo explicarme. —Me llevo la copa a los labios por segunda vez, sobre todo para ver si el vino me ayuda a tragar el nudo que se me ha formado en la garganta—. Hacía mucho tiempo que no me apetecía (por decirlo de forma educada) salir con nadie; en cambio, he esperado esta noche con ilusión. Ahora mismo, incluso las luces que adornan esas casas de ahí fuera me parecen menos ofensivas.

Asher Jones agacha la cabeza de una manera que, de no ser porque recuerdo con claridad su pasado, creería que es tímida. Sin embargo, conozco demasiado bien sus andanzas, por lo que deduzco que se trata de una pose. Aun así, su gesto de embarazo provoca un pellizco en mi corazón, que después viaja raudo hasta, ¿por qué no decirlo?, la unión misma entre mis muslos.

—Yo también tengo buenas expectativas acerca de esta velada. Y puedo asegurar que hace mucho tiempo que no me sucedía algo así.

Lo miro con incredulidad. Me consta, por todo lo que me ha contado la madre de Adam, que eso no es cierto. De hecho, si no fuera porque, como apuntó Pam, Asher Jones es una espinita que necesito arrancarme, jamás habría aceptado una cita con el padre de mi futuro yerno.

Antes de que pueda formularle ninguna cuestión, el camarero llega para tomar nota de nuestra comanda. Cuando se marcha de nuevo, Asher Jones cambia de tema, por lo que me quedo con la duda de si ha entendido mi gesto.

—¿Sabes que yo no conservo ningún amigo del instituto? —pregunta, con un deje de tristeza en la voz.

—¿No? ¿Y qué hay de Stan y de Tiffany? Yo hubiera jurado que sois amigos.

—No, qué va. —Se acomoda en la silla antes de continuar—: Son solo compañeros de trabajo. El día que cenemos los cinco juntos será la primera vez que quede con ellos fuera del hospital.

—Vaya, pues jamás lo hubiese imaginado. Ayer aparentasteis ser íntimos.

—Bueno, trabajar juntas en situaciones de estrés suele estrechar los lazos entre las personas. Supongo que podría decirse que nos une algo más que el compañerismo, pero ni de lejos llegamos al nivel de lo tuyo con Pam.

—Eso es porque nosotras también somos cuñadas, y porque lleva de okupa en mi casa tres años. —Supongo que mi mueca se le ha antojado muy graciosa, ya que tiene cara de estar divirtiéndose a mi costa.

—Os envidio, la verdad. Cuando Adelaide y yo nos separamos, ella se quedó con todos nuestros amigos. —Se encoge de hombros y suspira—. No la estoy criticando, no me gusta hablar mal de la gente cuando no está para defenderse. Al principio me alegré por ella, pero con el tiempo me he dado cuenta de que perdí muchísimo con la separación, y no me refiero solo a la parte económica.

—Quieres decir que, si volvieras atrás, ¿no te separarías?

—Ni loco. —Por segunda vez en pocos minutos, me sorprenden sus palabras. Yo hubiera jurado que Adelaide y él no podían ni verse, pero, al parecer, regresaría con ella sin dudarlo. Asher Jones capta mi expresión de asombro y, de inmediato, puntualiza—: Ni loco seguiría casado con esa... mujer.

Se ha contenido antes de soltar un improperio. Le devuelvo una sonrisa, solo para hacerle ver que no se me ha pasado por alto.

—Si no recuerdo mal, tenías que explicarme por qué te hiciste enfermero.

Acepta gustoso el giro en la conversación.

—Imagino que, como la mayoría de los alumnos del Liberty, no sabes que yo tenía una hermana mayor. Una que también acudió a nuestro instituto; iba al último curso cuando nosotros empezamos la secundaria.

—No, no tenía ni idea. —Me extraña. En aquel tiempo, yo conocía cada detalle de la vida de Asher Jones, o eso creía, a la vista de esta nueva información.

—Le diagnosticaron ELA cuando estábamos a mitad de primer curso. —Me llevo una mano al pecho. No logro reprimir un exabrupto, pues sé lo rápido que evoluciona esa enfermedad y lo degenerativa que es—. Para mí fue un golpe muy duro; la adoraba.

—Te entiendo. —Alargo el brazo para tocarle la mano—. Para mí, hubiese sido desolador. No sé qué haría sin Louise, por mucho que me queje de que siga en mi casa.

Asher Jones asiente. Coge el cuchillo y el tenedor para atacar el plato que el camarero acaba de depositar frente a él. Después de llevarse varios trozos de carne a la boca, y de masticar y tragar cada uno de ellos, me mira.

—Por aquel entonces, yo quería ser médico, pero que ninguno consiguiera curarla me sumió en el odio más profundo hacia todos los de su gremio. Por otra parte, las enfermeras la cuidaron con tanto mimo y dedicación (a la vez que nos enseñaban a mí y a nuestros padres a hacerlo también) que empecé a admirarlas.

—Nunca había oído nada de todo eso. Lo siento mucho, Asher. —Se lo digo con el corazón en la mano. Sé lo difícil que es perder a alguien a quien quieres tanto.

—No era algo de lo que me gustara hablar. El deterioro de Aymie fue muy muy rápido. Aun así, ella era la que más nos animaba a mis padres y a mí. Nunca dejó de sonreír, de abrazarnos, de decirnos cuánto nos quería... Mientras sus músculos se lo permitieron, claro. E incluso después, sus ojos nos demostraban todo eso y más.

Noto como las lágrimas se van formando en mis ojos, y juraría que lo mismo sucede en los de Asher Jones.

Aprieto su mano, que ha dejado de forma descuidada sobre la mesa, con el fin de transmitirle todo mi cariño, y él vuelve la palma hacia arriba para enlazarla con la mía.

—Por eso cambiaste de opinión respecto a lo que querías estudiar.

—Sí y no. Cuando Aymie murió, fue tan duro que entré en una espiral muy insana. No sé si te acuerdas de lo agresivo que era en el campo, aun ocupando la posición de *quarterback*. —Asiento con la cabeza. En aquella época, todos decían que eso era lo que lo convertía en un jugador excepcional, y yo nunca pensé que se debiera a que Asher Jones tuviera algún problema—. Bueno, supongo que te acuerdas de cómo era en el instituto, no hace falta ahondar en eso.

Sonrío y cierro los ojos por un momento.

Un malote, eso es exactamente lo que era Asher Jones en el instituto. El tipo de chaval por el que las chicas pierden la cordura y las bragas (y por el que algunas hasta ponen en peligro su amistad con su mejor amiga). El tipo de chico que yo intentaría evitar que se aproximase a Geena ni a un millón de años luz. Ese que despierta tus pasiones aunque sepas que no te conviene estar cerca de él.

—Recuerdo a la perfección cómo eras de adolescente, y supongo que, además, por eso estamos aquí. Porque nos traías locas a todas. A mí la primera, claro.

—Te equivocas si piensas que sigo siendo aquel bribón. He cambiado mucho desde entonces. Pero, si para gustarte ahora tengo que portarme mal, a lo mejor puedo hacer una excepción. Solo para estar a la altura de tus expectativas, claro.

Mi risa resuena en el comedor del restaurante, y yo trato de amortiguarla poniendo la servilleta frente a mi boca.

—No hará falta, no te preocupes. Lo cierto es que llegué a odiar a ese chico por haberse enrollado con mi mejor amiga.

—Ya te dije que lo hice porque no me había enterado de que también te gustaba a ti. De haberlo sabido, esa noche hubiésemos hecho un trío.

—No me hagas reír, anda. Ni loca haría un trío.

—Te lo juro. Lo habrías hecho, y además encantada. —Se ha acercado para susurrarme esas palabras al oído, y mi piel se eriza de nuevo—. Te habría convencido en un abrir y cerrar de ojos.

—Te lo tenías demasiado creído. Eso es lo que pienso —le digo, tratando de escapar del influjo de su atractivo sexual.

—Esa es la clave. Creérselo. La otra cara de la moneda es asumir que odias a todo el mundo; que nadie se acerca, ni por asomo, a la suela de tus zapatos, y que puedes hacer lo que quieras, con impunidad absoluta. —Lo miro con fascinación. Sí, sabía que Asher Jones tenía un elevado concepto de sí mismo; no obstante, no creía que llegase hasta ese punto—. Supongo que esgrimir la excusa de la edad es una manera como cualquier otra de tratar de exonerar mis pecados. De todos modos, lo que intento no es justificarme, sino explicarte cómo conseguí volver al buen camino.

—No me hago a la idea de lo que te sucedió para que cambiaras de parecer —digo, instándolo a seguir.

—Me metí en un lío gordo por hacer el gilipollas. —Se rasca la cabeza con disimulo—. Cuando el *quarterback* del equipo, por muy estrella que sea (o crea que lo es), no está centrado, su forma de jugar repercute en el equipo entero. ¿Sabes lo malo que es tener a un línea de ataque cabreado? —Su sonrisa ladeada me enternece. No es de esas canallas, sino más bien la de un chico tímido, al que, hasta hoy, yo no conocía en absoluto.

—Nadie se cabreaba nunca contigo, Asher J... —Me freno antes de pronunciar su apellido completo—. Todo el mundo te adoraba en el Liberty: las chicas, los profes, el resto de los jugadores...

Menea la cabeza.

—Hasta que se cansaron de hacerlo.

—Eso no sucedió. Yo estaba allí, ¿recuerdas? Fuiste el puto rey del baile, Asher Jones. No puedes decir que nuestros compañeros dejaron de idolatrarte, porque no es verdad.

—¡Oh, vaya si lo hicieron! ¿Te acuerdas del *sack* que me hizo uno de los defensas del Freedom?

¡Como para olvidarlo! Aquella bestia hizo volar a Asher Jones por los aires. Se lo tuvieron que llevar en camilla. La mitad de los alumnos del instituto quedamos conmocionados con la imagen de nuestro *quarterback* titular inmóvil sobre el césped.

Creo que aquel defensa del Freedom tuvo que llevar su coche al taller en un millón de ocasiones, para que le arreglaran los pinchazos de los neumáticos, después de esa jugada.

—¡Por supuesto que lo recuerdo! ¡El placaje de aquel bruto fue escandaloso! —Parte de mi furia juvenil sale por mi boca, y Asher Jones se ríe de mi vehemencia.

—Si ese bruto, como tú lo llamas, consiguió traspasar la protección de nuestra línea ofensiva fue porque mis compañeros de equipo estaban hasta los huevos de mí y de mis gilipolleces. Lo dejaron pasar.

Mi cara se transforma. Siento la misma indignación que me embargó entonces, solo que dirigida hacia otras personas.

—Normal que no conserves a ningún colega del instituto. Con amigos como esos, ¿quién necesita enemigos?

Mi cabreo debe de resultarle muy gracioso a Asher Jones, que no puede parar de reír.

—Las únicas que no os disteis cuenta fuisteis las que solo veníais a los partidos para verme a mí. —Y ahí está esa mueca descarada que yo recordaba y que me gustaba tanto. Lo que yo digo: los malotes vuelven locas a las chicas. Somos así de idiotas—. En realidad, mis compañeros me hicieron un gran favor ese día, porque, cuando desperté en urgencias, la enfermera que me atendía era una de las que habían cuidado tan bien de mi hermana.

Capítulo diecinueve

¿En serio ha dicho: «O no»?

Lunes, once de diciembre

Mi mirada sigue fija en la de Asher Jones. La copa, que iba en dirección a mis labios, queda suspendida a mitad de camino.

—Desarrolla eso —le pido.

—Cuando desperté, apenas me acordaba de lo que había sucedido. Mi madre y mi padre estaban junto a mí, con rostro preocupado. Algo del todo normal: ya habían perdido a una hija y su hijo no paraba de meterse en líos, el último de los cuales le había provocado una conmoción cerebral.

—Me dan náuseas solo de imaginar lo que tuvieron que sufrir tus padres. Lo siento, pero en esta ocasión tengo que ponerme de su parte.

—Sí, yo también. Ahora los entiendo mucho mejor que entonces, aunque ese día fue bastante esclarecedor para mí. —Le hago un gesto con la cabeza para demostrarle que tiene todo mi interés. Quiero que siga hablando—. Como te decía, cuando abrí los ojos, mi padre se puso a gritar y mi madre, a llorar. Yo tenía tal dolor de cabeza que ni siquiera podía mantener los párpados abiertos, y los mandé a la mierda como el capullo malcriado en el que me había convertido. —Pongo los ojos en blanco. Yo tuve suerte de que Geena pasase una adolescencia muy tranquila, pero algunas de mis amigas no fueron tan afortunadas. Sé a lo que se refiere con lo de «capullo malcriado»—. Rachel, la enfermera de la que te he hablado, les pidió amablemente que salieran, con la excusa de que tenían que hacerme unas pruebas. Los mandó a la cafetería y les aseguró que los llamaría cuando dispusiera de los resultados.

—Vamos, que los echó con tanta diplomacia que ni se dieron cuenta de que lo estaba haciendo.

—Exacto. —Asher Jones sonríe, como si se hubiese refugiado en ese recuerdo del pasado por unos segundos y estuviera saboreando el momento—. Después, se quedó a mi lado y me tomó la mano. «En todos mis años de profesión», me dijo, «no he visto a nadie que cuidara mejor a su hermana mayor que tú, y no hablo por hablar, es totalmente cierto. Pero ¿sabes qué pasa? Que uno tiene que cuidarse también a sí mismo, y debo decir que eso lo haces como el puto culo». Jamás, durante el tiempo que permaneció al lado de mi hermana, yo la había oído pronunciar una palabra más alta que otra, y su exabrupto me sorprendió tanto que terminó por despertarme de golpe.

—Vamos, que era una de esas personas que dicen las cosas claritas, ¿no?

—Y tanto. Aquel día descubrí mi vocación. Fue ella la que me explicó en qué consistía ser enfermero. «Los médicos curan, o lo intentan; nosotros cuidamos», me dijo. Me repitió que yo era bueno en eso, mucho mejor que jugando al fútbol.

—¿Cómo podía ella saber eso? ¿Te había visto jugar?

—Sí, alguna vez acompañó a Aymie, cuando mi hermana ya no podía venir sola a ver los partidos.

—Vale, entonces me callo. Porque eras muy bueno como *quarterback.*

—Al final, Rachel tuvo razón. Sí, era bueno en el campo, pero como enfermero soy excepcional.

—Y eso lo dices porque no tienes abuela, supongo.

—No, lo digo porque es la verdad. Soy bueno en lo que hago: adoro cuidar de la gente, permanecer a su lado para que mejore o acompañarla para que muera de la forma más digna posible, y me consta que no todo el mundo puede decir lo mismo.

—Yo que pensaba que había dado con tu cara humilde y resulta que no la tienes. —Mi voz adopta un tono agudo. No sé si reírme o indignarme con Asher Jones. Con lo bien que había salido todo hasta ahora…

—En serio. Hoy en día, mucha gente estudia Enfermería porque es una profesión con mucha demanda y con un sueldo respetable, pero no son empáticos ni tienen auténtica vocación. No sabes cuánto odio eso.

Ahora soy yo la que sonríe ante su vehemencia.

—Está bien, aceptamos barco. Entiendo que eres un férreo defensor de la enfermería vocacional.

—Por supuesto que sí. Y no solo de la enfermería, entiéndeme. Muchas profesiones necesitan de gente que esté implicada al cien por cien, no solo la mía.

—Sí, es cierto. Aunque no me atrae nada la idea de ponerme a discutir sobre las políticas educativas. Al menos, no esta noche. —Nos hemos desviado tanto del motivo que nos ha traído a cenar juntos que ya no es más que un borrón en la lejanía. Ni siquiera puedo vislumbrar entre mis emociones el calor que he sentido en casa, cuando Asher Jones se ha agachado y me ha susurrado al oído que estaba nervioso por lo de hoy.

—Maggie, Maggie. —La voz de Phil me sobresalta. Al menos, esta vez consigo mantenerme impávida y no dar un bote en la silla.

—Perdona, Asher, tengo que ir al lavabo. —Me apresuro a excusarme antes de que mi cita exija que me practiquen un nuevo electroencefalograma.

En cuanto estoy en el baño de señoras, me cercioro de que no hay nadie más y me vuelvo hacia Phil. Cruzo los brazos.

—Creí entender que hoy no volverías a molestarme —le espeto.

—Y eso era lo que pensaba hacer, pero es que me ha surgido un problema enorme.

—Joder, Phil, hemos invertido del todo nuestros roles. —Descruzo los brazos con un gesto de impotencia. Sé que sueno llorosa, y que no debería ser así, pero antes siempre era él quien me sacaba las castañas del fuego. Además, no tengo ni idea de cómo solucionar sus problemas, si a duras penas me manejo con los terrenales.

—¿Recuerdas el fantasma del que te hablé? Aquel con el que, en teoría, debía hacer un frente común para llegar al siguiente nivel, del que no tenía que haber salido en la vida. ¿O debería decir en la muerte? —Se ríe de su propio chiste y solo consigue ponerme aún más nerviosa.

—Sí, el que me dijiste que tampoco sabía cómo volver.

—Pues, está más loco que una cabra. ¿Te acuerdas de la película *Ghost*?

—Claro que me acuerdo, Phil. De todas formas, me parece a mí que «nuestra película» está yendo por unos derroteros muy distintos. Ni tú eres Patrick Swayze ni yo, Demi Moore.

—Ya lo sé, ya lo sé. Yo no me refería a ellos, sino al fantasma ese que está en el metro. —Asiento; sé de qué me habla. Desgraciadamente, y muy a pesar de mi cordura, he visto unas cuantas veces esa peli desde que él no está, hasta llegar a la misma conclusión que acabo de exponerle: ni Phil es Sam ni yo soy Molly—. Mi amigo está igual de majara que ese tío. Un momento habla conmigo y, al siguiente, asegura que no tiene ni idea de quién soy y me ordena que no lo moleste más. Incluso se ha puesto de un color que no me ha gustado nada, Maggie. Me ha dado miedo.

—¿Qué es lo que te ha asustado? —No puedo evitar contagiarme de su ansiedad.

—Pues, la idea de quedarme aquí tanto tiempo que ya no sepa ni quién soy; que no sea consciente siquiera de que estoy muerto. Yo qué sé, Maggie. Tengo que volver, no puedo quedarme aquí, como el tío ese. No puedo.

—Vamos a ver, tenemos que recapitular todo lo que te ha ocurrido. Pero ahora no. Hace demasiado tiempo que estoy en el baño y va a empezar a parecer sospechoso.

—¡Vale! —exclama—. Confío al mil por mil en esa mente analítica tuya; seguro que llegaremos al meollo de la cuestión en un santiamén. ¡Oye!, por cierto, ¿qué tal tu cita?

—No sabría decirte. —«Y tampoco tengo muy claro que quiera contártelo a ti, precisamente», pienso. «Y, si me has leído el pensamiento, olvida eso», añado—. Empezó muy bien, pero ahora no sé en qué punto estamos.

Al final, sí que se lo estoy explicando.

—Vale, vale. Tengo esperanzas de que lo tuyo con Asher Jones me ayude a regresar, así que, si como mínimo eso va bien, ya tenemos algo ganado.

Me giro para comprobar mi aspecto en el espejo del tocador. Saco del bolso la barra de labios y me retoco el maquillaje.

—Nos vemos más tarde en casa… o no —se despide Phil. Y, acto seguido, vuelve a desaparecer.

¿En serio ha dicho: «O no»? ¿Con el sentido con que creo que lo ha dicho? Joder, una desearía que al menos su difunto marido estuviera un poquitín celoso, ¿no? Nunca hubiese imaginado que el fantasma de Phil me animaría a pasar la noche en la cama de otro. De verdad, ¿no me estaré volviendo loca?

Ya no estoy segura de nada.

Tenía unas ganas inmensas de salir con Asher Jones esta noche, pero las cosas no están yendo como esperaba. Creía que nos reiríamos un rato durante la cena y, después, pim, pam, pum (madre mía, soy demasiado *boomer* para pensar siquiera en la palabra «follar») y cada uno a su casa.

Pero la velada no se ha desarrollado exactamente así. Creo que hemos compartido algunas confidencias demasiado íntimas. Al menos, Asher Jones lo ha hecho. Yo no he hablado mucho más que para matizar lo que él decía.

Capítulo veinte

A mí me debes un millón de besos

Lunes, once de diciembre

Cuando salgo del lavabo, Asher Jones ya está cerca de la puerta del restaurante, sosteniendo mi abrigo.

—Vamos. —Me tiende la prenda—. He pensado que quizás te apetecería tomar algo en mi casa.

Mis cejas se disparan hacia arriba. A eso lo llamo yo ir directo al grano.

Coloca su mano en la parte baja de mi espalda y me empuja con suavidad hacia la salida. Nos montamos en el coche sin decir ni mu; de hecho, yo aún estoy un poco noqueada por el cambio de rumbo que acaba de dar la noche.

A ver, no es que no esperara que sucediese algo así; en realidad, lo deseaba. ¡Incluso Phil lo ha insinuado!

Pero tal vez di por sentado que no sería de forma tan abrupta.

Una vez en el coche, Asher se vuelve en el asiento para mirarme. Una sonrisa preciosa le ilumina la cara.

—Ya se me ha pasado la edad de los eufemismos, Maggie. Cuando quiero algo, trato de expresarlo de manera clara y sencilla. Nunca miento, si puedo evitarlo, y tampoco me ando por las ramas. Reencontrarme contigo ha sido un regalo inesperado. Y si la vida me pone en el camino algo que me gusta tanto como tú, no estoy dispuesto a dar un rodeo para esquivarlo.

Me quedo de piedra. El único movimiento en todo mi cuerpo es el de mi corazón rebotando contra las costillas y el de mi respiración, levemente acelerada; el resto de mis músculos están paralizados.

Como no contesto, él extiende su mano en mi mejilla. Me mira a los ojos y, a continuación, a los labios.

«Madre mía, Asher Jones va a besarte, Maggie. ¿Estás preparada?».

Cuando se acerca —demasiado despacio para mi gusto— y posa sus labios sobre los míos, mil ideas cruzan mi mente. Ninguna es recatada o está exenta de erotismo.

Soy consciente de que llevo una eternidad esperando esta ocasión y que, si no me centro en el ahora, la voy a perder, así que me aproximo más a él; quiero que entienda que yo pienso igual y que, además, lo apruebo.

Nuestros labios entran en contacto, y no puedo describir la sensación que me embarga. Todo cuanto he sido hasta hoy, estos cincuenta años de vida, me han traído al momento presente.

¿Quién dice que solo se enamoran los jóvenes? ¿Quién piensa que porque ya traspasé la barrera de los cincuenta no puedo sentir algo tan maravilloso como un primer beso?

Entreabro los labios. Quiero saborear también su lengua; que él me ataque y desee más. Y lo hace. ¡Vaya si lo hace!

Me aferro a su pecho para que no se aleje, para que no interrumpa este contacto que no por haber tardado tanto en llegar es menos intenso.

No puedo separarme de él, algo me empuja a acercarme cada vez más, a exigir más. No quiero que pare, ni ahora ni nunca.

Asher Jones enreda sus manos en mi pelo y me atrae con suavidad hacia sí. Diría que él tampoco puede saciarse de este beso tan vivo, tan potente que parece que vayamos a fundirnos el uno en el otro.

Conseguimos salir a la superficie, solo para respirar un segundo y volver a besarnos como locos.

—Quizás sí que deberíamos ir a tu piso —consigo decir, con la voz entrecortada, al cabo de no sé cuánto tiempo.

—Creo que será lo mejor. Antes de que alguien nos denuncie por escándalo público.

Mi risa resuena en el habitáculo. Asher Jones me guiña un ojo y pone el motor en marcha.

De camino a su casa, coloca la mano derecha en mi muslo, donde dibuja círculos con el pulgar sobre la tela de mi vestido. De vez en cuando se ladea para mirarme. Lo que leo en sus ojos es algo diferente a la lujuria, casi podría asegurar que se trata de pasmo.

Supongo que está tan alucinado como yo. O puede que más, porque, al menos durante un tiempo de mi vida, yo ya había soñado con este momento. Besarme con Asher Jones dentro de su coche fue una de las fantasías más recurrentes de mi adolescencia, las cosas como son. Sin embargo, por más vívidas que fueran mis ensoñaciones, no llegaban, ni por asomo, a lo que ha sido la realidad.

Mi cabeza no para de repetir la palabra «guau». ¡Guau! ¡Guau! ¡Guau! En todos los tonos e intensidades. ¡Guau y *reguau*!

Asher Jones aparca en un barrio muy cercano al mío.

—No tenía ni idea de que éramos casi vecinos —comento, sin salir de mi asombro. Desde luego, esta noche es la de las sorpresas.

—Me mudé aquí cuando Adelaide y yo nos separamos. Hace un montón de tiempo de eso. Y, si bien después hubiera podido reemplazar este apartamento por una casa, me gusta no tener que limpiar tanto. Además, ya conozco a todos los vecinos y nos llevamos bien. —Se rasca la nuca mientras contempla el edificio en el que vive.

—No tienes que justificarte, para nada. Yo hubiese vendido mi casa hace tiempo si no fuera porque Pam y Louise viven conmigo. De hecho, he pensado en sugerirles a los chicos que se muden allí después de la boda y que me cedan su piso.

Me toma de la mano y tira de mí hacia la puerta de la vivienda.

—El piso de los chicos es un poco más pequeño que este, pero también está genial. Y seguro que a ellos les encantará la idea de mudarse a tu casa.

—Si consigo deshacerme antes de las okupas. —Hago una mueca que pretendo que parezca divertida.

—Me temo que eso es incuestionable.

Ignora el ascensor y se dirige a las escaleras. Sube los escalones deprisa. A mí me cuesta seguirlo, pese a que me domina una ligereza que había olvidado que podía sentir.

Estoy disfrutando de la noche, de su compañía, de que sea tan sincero y tan abierto conmigo. Desde luego, este hombre no tiene nada que ver con el malote al que conocí en el instituto, aunque no por eso me gusta menos.

Cuando llegamos al segundo piso, Asher Jones se detiene ante una puerta de la que pende una voluminosa guirnalda navideña.

—¿Tú también eres de esos?

—¿De cuáles? —pregunta, como si no supiera de qué hablo.

—De los que adoran la Navidad.

—Vivimos en Bethlehem, Estados Unidos. Si no la adoramos nosotros, entonces, ¿quién?

Noto un pinchazo en el alma. Es de ilusión, y a la vez está cargado de nostalgia. Sé que no es el momento para contarle que eso también solía decirlo Phil; solo espero que haya un futuro lleno de momentos apropiados para explicarle que mi marido pensaba como él.

De repente, me siento liberada. No soy la misma Maggie que salió de su casa esta tarde para cenar con su amor platónico de los quince, una viuda relativamente reciente que temía no volver a amar como lo hizo en el pasado.

Soy una mujer distinta. Una que sigue añorando a su difunto esposo, pero que, al mismo tiempo, es capaz de mirar hacia delante con ilusión. Tomar conciencia de ello me hace sentir muy bien. Muy pero que muy bien.

—¿Qué es esto? ¿Muérdago? —Mi expresión se torna divertida nada más cruzar el umbral del apartamento de Asher Jones—. ¿Pensabas que lo ibas a necesitar para besarme?

La expresión de su cara me apremia a tirar de él y situarnos ambos bajo la ramita que cuelga en la entrada de su hogar.

—El muérdago nunca es suficiente —dice. En su cara aflora esa mueca de granuja que le sale tan bien—. Jamás puedes estar seguro de que no lo vas a necesitar en algún momento.

—Me tienes hecha un lío, Asher Jones. —No me importa que me mire con reproche porque lo he llamado como en el instituto—. Un instante presumes de ser un enfermero ejemplar y, al siguiente, actúas como el mayor rompecorazones de la historia del Liberty.

—Ya te lo he dicho: ese chico desapareció aquel día, en la sala de urgencias del hospital. Ya no me comporto como un niño mimado que cree que el mundo le debe algo.

Agarro las solapas de su chaqueta y lo acerco a mí.

—A mí me debes un millón de besos como el de antes, y pienso cobrarlos. Todos y cada uno.

Nuestras bocas se funden una con otra y, de pronto, me sobra la ropa entre nosotros.

Como puedo, me deshago del chaquetón de Asher Jones, y él hace lo propio con mi abrigo. A eso le siguen el resto de las prendas más gruesas, que quedan esparcidas por el suelo de la entrada.

Como si estuviéramos danzando, me conduce hasta su habitación sin separar su cuerpo del mío. No tengo tiempo de entretenerme a mirar lo que me rodea; lo único que quiero ver es su cuerpo desnudo y comprobar si la foto que puso en la aplicación de ligues le hace justicia. Algo que, por otra parte, nunca sabrá Pam.

Cuando consigo sacarle la camisa y la camiseta interior, mis manos vuelan raudas a su abdomen y… ¡ahí está! ¡La tableta de chocolate es real! Tan real que, de repente, me da apuro tener que desnudarme yo.

—¿Qué sucede? —me pregunta, con un deje de ternura y (ahora sí) lujuria.

—No quieres verme desnuda —contesto, alejándome unos pasos.

Su mirada se clava en mis ojos.

—¡Oh! Sí que quiero. Te aseguro que es lo que más deseo ahora mismo, Maggie.

—No estoy tan en forma como tú. Yo… yo soy la que no quiere que la veas.

Esto era mucho más fácil con Phil, él conocía cada detalle de mi piel. Fuimos cambiando los dígitos de nuestras edades uno junto a otro. Pero ¿desnudarme delante de un extraño?

—Cuando te digo que deseo contemplar tu cuerpo más que nada en el mundo, no lo digo a la ligera, Maggie. Estos días me ha costado mucho pensar en otra cosa que no fuera eso. Y te aseguro que no tiene nada que ver con la apariencia. Quiero verlo porque es el tuyo y porque te deseo muchísimo.

Asher Jones me abraza, me besa y no me deja espacio para pensar en nada que no sean sus manos y sus labios encima de mí. No deja de susurrar en mi oído lo mucho que le gusto y las ganas que tiene de tocar mi piel.

Teniendo en cuenta lo mucho que yo también deseo que suceda, al final no opongo ninguna resistencia y, cuando me doy cuenta, estamos los dos tumbados en la cama, muy pegados y sin nada de ropa entre nosotros.

—¿Ves?, la única que considera que tu cuerpo no es perfecto tal y como es eres tú. A mí ya me encanta.

Sus besos son tan calientes que no puedo prescindir de ellos. Estoy ahogándome en el placer y quiero más, mucho más.

Asher Jones me aferra la rodilla por la corva y coloca mi pierna en torno a su cuerpo. En el mismo movimiento, empuja su cadera contra mí. Su miembro henchido se desliza entre mis pliegues, y el roce es tan sensual que mi propia pelvis sale a su encuentro.

En pocos minutos, todo lo que se oye en la habitación son nuestras respiraciones agitadas, el entrechocar de nuestros cuerpos y los gemidos de placer, que no escatimamos ninguno de los dos.

Capítulo veintiuno

Como si con la insinuación anterior no me hubiese convencido ya

Martes, doce de diciembre

Me despierto porque tengo mucho calor. Estoy sudando como un pollo. No es la primera vez que me desvelo, asada en mitad de la noche. Es lo que tiene estar perimenopáusica. Lo que sucede es que hoy, además, me siento muy incómoda y no sé por qué.

De inmediato caigo en la cuenta de que no estoy en mi cama y de que el hornillo que duerme a mi lado es Asher Jones. Estamos haciendo la cucharita, algo que Phil y yo no hicimos ni de novios. ¿Quién decía que este hombre no era cariñoso ni atento? «A la par que lujurioso», me digo, pues no tardan ni dos segundos en desfilar por mi cabeza imágenes de todo lo que hicimos anoche.

Madre mía, madre mía. Ya no me acordaba de cómo era que alguien me provocara un buen orgasmo

Me muevo un poquito, solo para que Asher Jones... (quizás tiene razón y debería dejar de llamarlo así de una vez por todas) para que Asher se percate de que estoy despierta. Tal vez él también lo esté y no se atreva a cambiar de postura para no despertarme.

Restriego un poco mis nalgas contra su pelvis y descubro que, o bien está dormido y con una erección matutina del quince, o bien ya se ha despertado y está preparado para otra ronda.

Un leve quejido, seguido de un ronroneo cariñoso, se cuela en mi oído desde mi espalda. Creo que he acertado en las dos suposiciones.

—¿Tienes que ir a trabajar? —me pregunta, con voz de sueño y una queja explícita en la voz.

Suspiro y consulto mi reloj de pulsera. Las cinco de la mañana.

—No antes de dos horas.

Me doy la vuelta en la cama y quedamos cara a cara.

Asher J... Maldición. Tengo que conseguirlo como sea. Hay que eliminar el apellido en ese nombre.

Asher coloca una mano sobre mi cadera y me acerca más a él, si es que eso es posible.

—Ha sido una noche espectacular, Maggie. Me gustaría que no se acabara nunca.

—No estoy muy segura de entender a qué te refieres —le digo, medio en broma, medio en serio.

—Nos hemos conocido a través de una aplicación de citas.

—Eso es del todo incorrecto. Ya nos conocíamos hacía años —puntualizo. Intento sonar quisquillosa, sin conseguirlo.

Asher me devuelve esa sonrisa suya tan preciosa y me besa en los labios.

—No somos los mismos que en el instituto, Maggie. De hecho, triplicamos la edad que teníamos cuando íbamos juntos a clase, así que no quieras venderme la moto de que ya nos conocíamos, porque no es del todo cierto. Digamos que sabíamos de la existencia del otro, pero ninguno de los dos es el chaval que era entonces.

—Vale, te lo compro —acepto, antes de darle un beso suave en los labios—. Pongamos que somos dos semidesconocidos que se han encontrado a través de una aplicación de citas y que, de todas maneras, hubiesen llegado a conocerse, puesto que sus respectivos hijos van a casarse en menos de quince días.

—Te dije que lo nuestro no podía ser una casualidad; es un patrón, y no lo podemos obviar.

—Sigo sin entender a dónde quieres llegar —insisto. Busco darme algo de margen para pensar qué quiero contestar a su insinuación.

—Me gustaría que no vieras a nadie más que a mí. Eso es lo que trato de decirte, pero no paras de interrumpirme.

El corazón me da un brinco en el pecho. Sí, intuía que era eso lo que Asher pretendía expresar, pero escucharlo de su boca no es igual que suponerlo.

La adolescente que (por mucho que Asher asegure que ha desaparecido) aún vive en mí se emociona de tal forma que estoy tentada a dejarla salir. Menos mal que me reprimo a tiempo, o de lo contrario ofrecería un espectáculo paupérrimo.

—A mí también me gustaría que solo quedaras conmigo de ahora en adelante. —Mi voz suena mucho más grave que los grititos histéricos que retumban en mi cabeza. Tengo que encerrar a mi yo adolescente en algún rincón más profundo—. De hecho, debo confesarte que eres el primer hombre con el que he quedado después de que Phil me abandonara. —Pronuncio la última palabra con la misma rabia de siempre.

—¿«Te abandonara»? No creo que morirse y abandonar a alguien sean términos equivalentes.

—Teníamos un pacto: él no podía morirse antes que yo, y lo incumplió. —Mi voz va perdiendo intensidad a medida que pronuncio la frase que no he parado de repetir desde que Phil murió—. Supongo que lo he culpado a él todo este tiempo para no tener que afrontar la realidad. A lo mejor va siendo hora de que deje de aferrarme a esa verdad a medias y acepte las cosas tal y como son.

—Cada persona necesita su tiempo para atravesar el duelo. Nunca se me ocurriría intentar siquiera interferir en el tuyo. Aunque, por lo que me has comentado, si estamos aquí ahora es porque algo has avanzado.

Inhalo todo el aire que cabe en mis pulmones, hasta el punto de que empiezan a dolerme las costillas.

—Os hubierais llevado muy bien, Phil y tú.

—¿Sí? ¿De verdad lo crees?

—Casi como si él me lo hubiese dicho —contesto, con ironía. No puedo confesarle que Phil no para de hablar acerca de lo mucho que le gusta Asher y la buena pareja que hacemos, está claro.

—Volviendo a lo de antes: ¿no puedes llamar al trabajo y pretextar que estás enferma? —Su cuerpo está tan cerca del mío que casi me hace sucumbir a sus encantos.

—¿Tú te atreverías a hacer eso? —le pregunto, con el ceño fruncido.

—No, qué va. No me buscarían sustituto, de modo que mis compañeros tendrían que realizar su trabajo y el mío.

Le hago un gesto significativo con la cabeza.

—¡Ahí tienes tu respuesta!

—No quiero que te vayas. —Une su frente a la mía y vuelvo a notar un bajón en mi fuerza de voluntad.

—Y yo tampoco quiero irme, pero no me queda más remedio. Podemos vernos por la tarde, si quieres… No, hoy no. He quedado con Geena y con la madre de Adam para ir a la última prueba del vestido de novia.

—¿Has quedado con Adelaide?

—No, he quedado con mi hija. Geena invitó a Adelaide a venir a la prueba porque esta le ha dicho en unas cuantas ocasiones que me envidiaba mucho; que ella, al tener solo un hijo, no había podido participar en los preparativos como yo.

La cara de Asher permanece inalterada, lo que me hace suponer que no quiere delatar sus sentimientos respecto a la situación, ya que, en condiciones normales, sus ojos expresan tanto como su boca.

—Seguro que esa cita no termina tan tarde como para que no podamos cenar juntos y que después te quedes a dormir otra vez. —Acaricia mi brazo con la punta de los dedos, desde el hombro hasta la muñeca. Un escalofrío me recorre entera—. Yo cocino.

Como si con la insinuación anterior no me hubiese convencido ya.

Capítulo veintidós

Es una persona perjudicial para la salud si la tomas a grandes dosis

Martes, doce de diciembre. Philadelphia

—Estás preciosa, querida —afirma Adelaide mientras contempla a Geena. Yo siento tanta emoción que no puedo articular palabra—. Yo estaba mucho más delgada que tú cuando me casé, por eso no te sugerí que llevases mi vestido en el día más especial de tu vida.

Conozco tan bien a mi hija que hasta puedo notar el sabor a sangre que tiene en la boca. Seguro que se ha partido la lengua de lo fuerte que se la habrá mordido.

—Esas horteradas ya no se llevan, Adelaide —alego yo—. Por eso tampoco le ofrecí que utilizara el mío. Las chicas de hoy prefieren trajes mucho más livianos que los que lucimos nosotras en su día.

Espero que el veneno que destilan mis palabras la mantenga callada un ratito. Estoy de sus impertinencias hasta el gorro mismo.

Geena ha elegido un vestido muy elegante que le queda precioso. No es el más caro de la tienda; me enorgullezco de haberla criado de manera que no pierda la chaveta por ir siempre de marca. Y, sí, quizás es verdad que no está delgada como un palo, pero tiene una figura exquisita. Con redondeces donde se supone que debemos tenerlas.

—Quizás tu vestido era una horterada. El mío, querida, lo diseñó a medida para mí Frank Strazza. —Sí que la he ofendido, sí.

—No tengo ni idea de quién es ese señor.

—Un modisto muy afamado, y carísimo. —Como siempre que algo le molesta, mi consuegra pone cara de asco. Más o menos como si se hubiera comido una mierda.

—¡Ah, bueno! —Acompaño el hastío en mi voz con un ademán de la mano—. Yo, en esa cuestión, estoy cien por cien de acuerdo con la niña. Me encanta que prefiera gastar el dinero en el viaje de bodas antes que en una prenda que solo va a usar una vez.

Juro que la tarde se me está haciendo eterna. Sospecho que, de haber sabido Geena cómo iba a transcurrir, se lo hubiese pensado muy mucho antes de invitar a su suegra a venir con nosotras.

Esta mañana, cuando he llegado a casa (con el tiempo justo para cambiarme de ropa y salir disparada hacia el trabajo), me he encontrado a mi hija en la cocina. Estaba esperándome. Había pasado a verme, de camino a la farmacia en la que trabaja, para asegurarse de que me acordaba de la cita que teníamos por la tarde. Al darse cuenta de que yo había pasado la noche fuera, decidió aguardar a que llegara para interrogarme.

—Muy bien, señora. ¿A usted le parece que estas son horas de aparecer por casa? —me preguntó, nada más verme atravesar la puerta.

—Ni siquiera tus tías se atreven a hacerme esa pregunta —le contesté yo, intentando escurrir el bulto.

—Ellas no, pero yo sí. ¿Con quién has pasado la noche? —Su mueca divertida restaba severidad a la frase.

—Con nadie que te importe. —Yo también sonreía, aunque no estaba segura de cómo se lo iban a tomar ella y Adam, y eso me tenía bastante acojonada.

—¿No habrá sido con mi suegro?

—¿Qué te hace pensar eso?

—Que yo le he dicho que ayer saliste a cenar con él —intervino Pam, justo antes de tenderme una taza de café para que yo no perdiera más tiempo.

—¿Por qué tienes que ser tan bocas?

—¡Mamá! ¿Sabes qué dirá mi suegra si se entera?

—Mira, hija, ya he cumplido los cincuenta. Me importa más bien poco lo que otros puedan decir de mí.

—Me encantaría ver la cara de amargada de Adelaide cuando sepa que te has liado con su ex. ¡Con lo mucho que lo odia! O ella dice que lo odia, porque estoy convencida de que, si él le propusiera que volviesen, no se lo pensaría ni dos segundos. —Mi hija estaba tan entusiasmada que solo le faltó dar palmas.

—¿Crees que aún está enamorada de él? Si todo el tiempo lo critica. —Pam me había descrito lo horrible que fue la prueba del menú después de que Asher me acompañara al hospital. La verdad es que no envidio nada a mi pobre niña.

—Cariño, no te preocupes. —La abracé—. No parece que Adam se moleste mucho en escucharla. Estoy segura de que es un chico sensato, consciente de que su madre es una persona perjudicial para la salud si la tomas a grandes dosis.

La risa de Pam resonó por la cocina.

—Como tu abuela, Geena, como tu abuela.

Yo puse los ojos en blanco. Aunque Pam tenía toda la razón del mundo, no me gusta criticar a mi madre delante de mi hija, no vaya a ser que se crea con el derecho de hacer lo mismo conmigo.

—Nos vemos esta tarde, cariño. —Le di un beso en el pelo y me largué a toda prisa—. Llego tardísimo.

Ya por la tarde, Geena no ha dejado de buscar el momento de interrogarme. Sin embargo, no ha podido hacerlo porque Adelaide no se ha separado de nosotras ni para ir al lavabo.

Pensaba que, después de salir de la tienda de novias, volveríamos directas a casa, sobre todo después del rifirrafe que hemos mantenido en el probador, pero no.

—Ya que estamos en Philadelphia, he pensado que podríamos ir a cenar a un local que conozco. La comida es deliciosa, y queda muy cerca de Liberty Bell. —¿Soy yo, o a Adelaide se le ha agudizado la voz cuando ha pronunciado la palabra «Liberty»?

Decido mandar un mensaje a Asher cuando ya vamos de camino al restaurante. A Geena y a mí nos ha resultado imposible rechazar la invitación de su ex. Primero, porque hemos pensado que, a lo mejor, la cena nos sirve para limar asperezas con ella, y segundo, y más importante, porque ha sido Adelaide quien nos ha traído en coche. ¿En qué momento asumí que era buena idea?

No imaginaba que me sentiría tan frustrada por no poder ver a Asher esta noche. No he dejado de pensar en él ni un solo minuto en todo el día, y eso me asusta. Hacía tiempo que no me sentía de esta manera; ya no soy una chiquilla, para colgarme así de un tío. Pensaba que, a mi edad, una relación se viviría de forma mucho más serena, por muy nueva que resultase, pero se ve que no.

Pasé la mayor parte de la mañana pensando en algo ocurrente que ponerle en un mensaje, pero no se me vino ninguna idea brillante a la cabeza. Así que esperé a que lo hiciera él. Y no me falló.

Asher: *No sé cuánto tiempo debería esperar para escribir el primer mensaje. ¿Crees que es demasiado temprano?*

Yo: *No, hace horas que lo estaba esperando.*

Asher: *¡Oh, vaya! ¿Dónde está el botón de dar marcha atrás en el tiempo cuando más lo necesito?*

Me hizo reír, y eso me gusta. Me gusta mucho.

Estaba tan feliz que incluso algunos en la oficina se dieron cuenta. No dijeron nada, pero las sonrisas pícaras que me dedicaron lo hicieron por ellos.

Ahora, no puedo dejar de revisar el teléfono para averiguar cómo responde Asher al plantón que acabo de darle. En parte me sabe fatal, pero en parte también creo que debería entenderme.

Cuando la aplicación me anuncia que está escribiendo, suspiro aliviada.

Parece que me va a mandar un testamento, a juzgar por la cantidad de tiempo que tarda. Pero no. Cuando al fin llega el mensaje, este es muy escueto.

Asher: *Vale, conducid con cuidado al volver.*

Me quedo un poco chafada y sin saber qué contestar.

—Querida —Adelaide me da un susto de muerte. Oculto enseguida la pantalla de su vista—, ese Asher con el que hablas no será Rob, ¿no?

Se ve que no he sido lo bastante rápida.

Me ha pillado tan de improviso que guardo silencio. Me gustaría decirle que no, que no estoy hablando con su exmarido; sin embargo, opto por confesar la verdad, pues todo el mundo sabe que las mentiras tienen las patas muy cortas.

—Sí, me temo que sí. —Sueno más agresiva de lo que pretendía.

—Estás loca si crees que ese hombre va a mostrar algún respeto por ti. No es más que una alimaña. —Empieza a alzar la voz—. Es un malnacido, que nos ha hecho muy desgraciados a Adam y a mí. No quiero que te relaciones con él más allá de lo estrictamente necesario.

Mis cejas se elevan sin que yo pueda evitarlo.

—Perdona, Adelaide. No conozco los motivos que os llevaron a separaros, pero…

—Yo te los contaré —me interrumpe, sin darme opción a mandarla a la mierda por meterse en mis asuntos. Está gritando en plena calle, y algunos transeúntes se giran para observarnos.

—Adelaide… —Geena intenta mediar, con escaso éxito.

—Ese hijo de la gran puta no es más que un mujeriego. Eres una ilusa si piensas que contigo dejará de comportarse como ha hecho siempre.

—No necesito que me cuentes tu vida; de igual forma, agradecería que no te inmiscuyeras en la mía. No eres tú la que decide con quién me relaciono yo o…

—Si alternas con él, lo vas a meter de lleno en la vida de Adam, y eso sí que no lo consentiré. Me ha costado lo mío conseguir que no se relacionen, como para que vengas tú ahora y tires por tierra todo lo que he construido durante años. —Se expresa con tanta rabia que varias gotitas de saliva salen disparadas en todas direcciones. Cualquiera diría que está a punto de sufrir un colapso mental. No sé si alguna vez he visto a alguien con la cara tan desfigurada por la cólera.

—Adam lleva tiempo viéndose con su padre a tus espaldas —estalla Geena. Está roja, deduzco que por la ira; hacía tiempo que no la veía tan enfadada. Se acerca tanto a su suegra que sus narices quedan a poca distancia—, y te cuidarás mucho de decirle a mi madre con quién puede salir o no. Creo que, después de tres años de luto, puede echar una cana al aire con quien a ella le apetezca, sin que tu mezquindad lo ensucie. ¿Lo entiendes?

Por toda respuesta, Adelaide eleva el mentón, da media vuelta y se va por donde hemos venido, sin dirigirnos la palabra.

Para nuestro asombro, llega hasta el coche, que tenía aparcado no muy lejos, se monta en él y, después de ponerlo en marcha, se incorpora a la circulación. Luego, se aleja de nosotras sin siquiera parpadear.

—Hija, creo que acabamos de quedarnos tiradas.

—Me temo que sí —contesta Geena, justo antes de que le entre un ataque de risa.

Capítulo veintitrés

Si lo llego a saber antes

Martes, doce de diciembre

—Cariño, no tengo buenas noticias. —Geena está hablando con Adam por teléfono, así que me distancio unos pasos para darles intimidad.

Hace frío en la calle, si bien el cielo está despejado. La gente aprieta el paso porque ya está anocheciendo.

No me gusta especialmente venir a Philadelphia; sin embargo, aquí hay muchas más tiendas que en Bethlehem, y hacer el trayecto para visitarlas vale la pena.

Me arrebujo un poco más en el abrigo y le indico por señas a Geena que voy a entrar en un local cercano. De todas maneras, Adam tardará más de hora y media en llegar y no vamos a esperar todo el tiempo en la calle.

Me acomodo en una de las mesas y pido una copa de vino blanco para mí y otra para mi hija.

—La niña estaba preciosa con ese vestido. —Casi puedo imaginar una lagrimilla deslizándose por la neblina que ahora conforma la cara de Phil—. Qué pena perderme la boda.

—¿Eso quiere decir que ya has solucionado el problema de tu partida? —Ni me molesto en hablar en voz alta; sé que él me escucha de todas maneras.

—Ojalá. Pero para entonces ya no debería estar aquí. Ya te dije que no quiero enloquecer, como el fantasma al que me encontré el otro día. Lo único que saqué en claro de eso fue que no puedo tardar mucho más en irme. ¿Por qué haría caso a Caín? Por acelerar un poco mi subida, ahora temo haberla retrasado para siempre. Quizás esa era su intención al sugerirme que viniera aquí.

—¿Tú crees? —pregunto, con retintín.

—Sí. Lo único que no entiendo es qué gana él con eso. —Se lleva la mano a la barbilla, o a lo que debería ser su barbilla.

—Vete a saber, pero si mató a su hermano, no puedes esperar nada bueno de alguien así.

—¡No! ¿Quieres decir que era «ese» Caín?

—¿Tú no crees que sea el mismo?

—Yo ya no sé qué pensar. Solo sé que sigo aquí, anclado a la Tierra. ¿Y si nunca consigo progresar al siguiente nivel? ¿Tú estás segura de que eres feliz? ¿Hay algo más que pueda hacer por ti?

Sonrío con cariño. Espero que comprenda que ese gesto va dirigido a él, pero, por si acaso, le respondo en mi mente.

—Ya hiciste todo por mí en vida. No hay nada que pueda reclamarte. Por eso te sigo amando…

—¡Ah, no! —me interrumpe—. Bueno, sí. Puedes amarme, pero debe ser de una manera mucho más *light*. ¿Aún no has entendido que tenemos que separarnos?

—¡Si me dejaras hablar!

Justo en este momento entra Geena, y Phil, para no variar, desaparece.

—Adam vendrá a recogernos —dice mi hija. Da un par de saltitos, supongo que para entrar en calor—. Le he pedido que no llamara todavía a su madre; estaba demasiado enfadado con ella. Creo que empieza a verla como en realidad es, y no como Adelaide le ha hecho creer todos estos años.

—Hija, nunca olvides que es su madre. —Le agarro una mano y se la estrecho con cariño.

—No, no, por descontado que no lo hago. Lo que quiero decir es que pensaba que Adam se enfadaría porque le he soltado a Adelaide que él y su padre (tu novio) —canturrea— se estaban viendo a escondidas de ella.

—Es que eso es muy fuerte, no me digas que no.

—¿Tener que verse sin que ella se entere? —Arquea una sola ceja, un gesto que heredó de su padre. Yo no puedo hacerlo, y mira que lo he intentado—. Sí, muy fuerte. Aunque hay algunas otras cosas que prefiero callarme. Es una mala pécora.

—¡Geena! ¡No me escuchas! Ni se te ocurra repetir eso delante de Adam, por el amor de Dios.

—¿Qué pasa? La tía Pam dice lo mismo de la abuela delante de ti y tú no te ofendes.

—Tu «madrina» —recalco, porque a Pam le da mucha rabia que Geena la llame «tía»— es mi mejor amiga. Fíjate en que delante de tía Louise no se atreve a decirlo. Lo que pasa es que a veces se olvida de que su suegra y mi madre son la misma persona.

Geena se ríe. Tiene las mejillas coloradas por el contraste entre el frío de la calle y el calor que hace aquí dentro.

Coge la copa de vino y se la lleva a los labios.

—¿Te apetece que comamos algo?

—Será lo mejor si no queremos que se nos suba el vino a la cabeza.

Mi móvil, que había dejado sobre la mesa, vibra. Por pura inercia, ojeo quién me ha mandado un mensaje.

Asher: *¿No te recomendé que condujerais con cuidado a la vuelta?*

Yo: *La verdad es que no capté muy bien tu mensaje. ¡Si ni siquiera había traído el coche yo!*

Asher: *La advertencia valía para todo el tiempo que pasaras con Adelaide.*

Me entra la risa. Considero mi respuesta unos segundos y, después, me pongo a teclear.

Yo: *No lo había interpretado como un aviso de peligro.*

Asher: *Cuando uno pasa horas con Adelaide, siempre tiene que estar preparado para lo peor.*

Yo: *Eso sí suena más a un consejo, ¿ves?*

Asher: *Adam me ha dicho que ya va de camino a Philadelphia para recogeros. Si me hubiese avisado antes de salir, habría ido con él.*

Me enternezco. Creo que hasta los ojos me hacen chiribitas. ¡Qué mono!

—¿Con quién hablas, mamá?

—Con tu suegro —respondo, con la boca pequeña.

La risotada de Geena me toma por sorpresa. Ella no es de grandes aspavientos, prefiere pasar desapercibida.

Cuando logra calmarse, tuerce la cabeza y me mira. Su cara está iluminada por una gran sonrisa.

—No sabes las ganas que tenía de verte así de contenta. Si lo llego a saber antes…

Aún no hemos terminado de cenar cuando llega Adam.

—Ya veo que las Cooper no se privan de nada —comenta, con guasa, mientras echa un vistazo a la botella de vino.

—Madre mía, ¿quién ha bebido tanto? —pregunto, al reparar en que prácticamente nos la hemos terminado.

—Es que charlando no te das cuenta, mamá. No te asustes, que no es para tanto.

—¿Que no? Mañana hay que trabajar, cariño. Y con lo poco que he dormi…

Me callo antes de meter la pata. Seguro que se me han puesto la cara y las orejas rojas, y, no, no ha sido por culpa del vino.

Mi hija ríe mientras se acerca a darle un beso a su prometido, que se ha sentado con nosotras.

—Vamos a pedir algo más para picar, Adam. ¿Qué te apetece? —Intento cambiar de tema, pero Geena no me lo va a permitir. Basta con ver la cara que pone.

—¿Sabes con quién ha pasado la noche mi madre? —pregunta, a un volumen que pretende ser bajito. Quiero creer que no está tan piripi como aparenta. «Mira que emborrachar a tu propia hija; eso es de madres inconscientes».

—Algo he oído, sí. —Mi futuro yerno me examina con rictus serio. No está tan contento como Geena, se percibe a la legua. Aunque tampoco puedo discernir si está enfadado porque su madre se ha cabreado con nosotras o por la relación entre su padre y yo—. Por mí no os preocupéis; iré a pedir algo al camarero.

Se levanta de la mesa y se dirige a la barra. Mi hija le lanza un beso. Está claro que no vamos a pedir más vino.

—Geena, ¿crees que Adam se ha ofendido?

—No, mamá, él es así de serio. ¿Aún no te habías dado cuenta?

—Nunca se ha mostrado tan seco como hoy. ¿Tú estás segura de que no está molesto?

—Tranquilízate, mami. Creo que ves nubarrones donde no los hay.

«Y tú ves unicornios vomitando arcoíris por mi culpa», me digo.

De repente, siento un peso en la boca del estómago. No, no son mariposas. Es pura ansiedad. Asher y yo hemos sido unos irresponsables. No nos hemos preocupado más que de nosotros mismos, sin pararnos a pensar ni un minuto en cómo afectaría lo nuestro a nuestras familias.

Empieza a faltarme el aire. Necesito salir y despejar la cabeza. Me embarga la sensación de que hay demasiada gente aquí dentro, que el ambiente está muy cargado.

—Vuelvo en un segundo —le digo a Geena, al tiempo que me levanto y cojo mi abrigo.

Salgo a la calle todo lo deprisa que puedo. Me estoy ahogando, literalmente.

Una vez fuera, el viento helado me devuelve un poco la cordura, solo un poco. Inhalo y exhalo unas cuantas veces. Mis pulmones se quedan congelados; no obstante, el frescor que empieza a correrme por las venas parece que despeja mi mente.

—¿Maggie? Maggie, ¿estás bien?

Capítulo veinticuatro

No hay ningún sitio de este universo, ni de ningún otro, en el que yo preferiría estar ahora mismo

Martes, doce de diciembre

—¡Asher! —Me arrojo a sus brazos, pero enseguida me arrepiento y me alejo unos palmos de él.

—¿Qué sucede? Estás pálida como un fantasma. —«Se nota que no ha visto ninguno», me digo—. ¿Qué haces aquí fuera? Te vas a helar.

—Necesitaba tomar un poco el aire. Creo que Adam está enfadado y me he puesto nerviosa.

Asher frunce el ceño y me mira con extrañeza.

—¿Enfadado? No me ha parecido que estuviera descontento con Geena ni contigo, sino más bien con el comportamiento de su madre.

—Se ha puesto muy serio cuando Geena le ha «insinuado» que habíamos pasado la noche juntos.

Oír la risa de Asher me reconforta muchísimo, y en estos momentos, más todavía.

—Olvídate de él. Dudo mucho que esté enfadado porque tú y yo nos hayamos acostado. Hasta podría decir que ni siquiera está al tanto de lo que sucede entre nosotros. Lo que le ha molestado ha sido el comportamiento de su madre, estoy seguro. Empieza a darse cuenta de cómo es ella en realidad. Te garantizo que, una vez que descubres a la víbora que mi ex oculta tras sus modelitos y su maquillaje, te duele en el alma haber sido tan imbécil de no haber visto antes la clase de persona que es.

Me siento aliviada, aunque aún no me creo del todo lo que dice.

—¿Estás seguro? —La sensación de ahogo persiste—. Lo que más odiaría sería crearles problemas a Geena o a él. En serio, Asher, si esto nuestro les va a complicar la vida a los chicos...

—No seas bobita. —Me besa de forma suave en los labios—. Adam es muy sincero. Si no le gustase que nosotros dos nos viésemos, ya me lo habría dicho. De todas formas, yo no pienso igual que tú. Yo creo que no es asunto de nadie más que nuestro si estamos juntos o no.

—¿Lo estamos? —pregunto, no sin cierta ansiedad.

—¿No te ha quedado claro esta mañana? ¿Necesitas que te lo vuelva a explicar?

Me pongo de puntillas para besar sus labios. Se me ha quitado el frío de pronto.

—Van a detenernos por escándalo público si no dejas de frotarte contra mí de esa manera, Maggie Cooper.

Una risa burbujeante nace en mi pecho, justo en el punto que hace solo unos minutos me parecía a punto de quebrarse por falta de aire.

Lo que me provoca Asher no es aquella pasión desbordante que sentí por Phil hace treinta años. Es diferente. Es una especie de vértigo, como si mis pies ni siquiera tocaran el suelo. Parece como si fuera a echar a volar, ingrávida como los astronautas. Es raro pero agradable; sí, ante todo, resulta muy agradable. Tampoco está exento de lujuria, por eso me cuesta quitarle las manos de encima.

—¿Qué te parece si nos vamos a mi casa? —dice, rozando su nariz con la mía—. Tengo un millón de ideas para mantenerte despierta hasta la madrugada.

Sus ojos se clavan en los míos y brillan con travesura.

—No hay nada que me apetezca más. Pero antes tenemos que despedirnos de Geena y Adam. Además, estaría bien que recogiera mi bolso y pagase la cena. No quiero que me inviten a cenar; ellos necesitan el dinero más que yo.

Asher cabecea para asentir. Acto seguido, me toma de la mano y abre la puerta del local, que ya no se me antoja tan atestado como hace unos minutos, y eso que, mientras yo he estado fuera, no ha salido nadie.

—¡Hombre! Mira quién ha venido. —Geena se levanta en cuanto nos ve y corre a abrazar a Asher—. Hola, suegro.

¿Sabes que estás de muy buen ver? No me extraña que le gustes a mi madre desde hace mogollón de años.

Me llevo la mano a la frente. Geena está dando el espectáculo.

—Adam, creo que tendrás que cuidar a mi hija esta noche. Pensaba que era capaz de aguantar mejor la bebida. ¿Para qué la mandé a la universidad si ni siquiera aprendió eso?

Adam se ríe y Geena me mira como si no acabase de entender a quién me he referido.

—¿Os importa que Maggie y yo salgamos ya hacia Bethlehem? —pregunta Asher, mirando a su hijo—. Estamos mayores, y esto de trasnochar dos días seguidos se nos hace pesado.

—Claro, claro. En cuanto coma algo, saldremos nosotros también. —Yo sigo sin ver a Adam contento. Me parece que nos juzga con la mirada, y no me gusta nada la sensación.

Un día de estos tendré que hablarlo seriamente con Geena. No quiero causarle problemas a mi hija, y menos por una relación que puede no durar. Asher y yo solo nos hemos visto un par de veces. Eso no convierte lo nuestro en definitivo.

—Estás muy pensativa. ¿Sigues pensando en el disgusto de Adam? —Asher apoya su mano derecha en mi muslo mientras conduce. Ese gesto implica una familiaridad que me agrada.

—Sí y no. Lo cierto es que estaba pensando en qué podría haberos unido a Adelaide y a ti. No pegáis ni con cola. O, al menos, ella no pega con el Asher Jones al que estoy empezando a conocer ahora. Quizás con el que conocí en lo que parece otra vida, sí, pero ¿con el actual? No me encaja. Tampoco me consta que salieras con ella en el instituto.

—Bueno, mi cambio de gilipollas radical a persona decente tampoco se produjo de un día para otro. Aunque después de la charla de mi «mentora» yo estaba más concienciado de que no me estaba portando como debía, la cabra tira al monte, ¿sabes?

—Eso explicaría el hecho de que te enrollaras con Pam en fin de curso pese a haber asistido al baile con otra.

—¿Me vas a estar recordando ese desliz durante el resto de mis días? —Me da un ligero pellizco en el muslo y yo le palmeo la mano.

—Las veces que haga falta. Aquella vez debería haber sido yo la que saliera contigo a dar una vuelta en tu coche, no Pam.

—Ya te expliqué que estoy seguro de que las cosas suceden por alguna razón. —Se ladea para mirarme y yo le dedico un gesto escéptico—. Vale, te pondré un ejemplo. Imagina que esa noche, en lugar de irme con Pam, hubiese salido del baile contigo. ¿Quién te dice que, tal y como era yo entonces, lo nuestro hubiese funcionado? Lo más probable hubiese sido que nos peleáramos, y ahora no estaríamos aquí, disfrutando de un paseo en coche a estas horas. O lo que es peor: que nuestros hijos fueran hermanos. ¡No podrían casarse!

—¡Ni siquiera serían quienes son ahora! —Solo con imaginar una vida en la que Geena no está presente, me duele el corazón—. Quizás estás en lo cierto. Nunca lo sabremos.

Entrelazo mis dedos con los suyos, que reposan aún sobre mi muslo.

—Y a lo mejor fue eso lo que sucedió en un universo paralelo. Recuerda lo que le pasa a Marty McFly cuando altera el pasado en *Regreso al futuro*. —Cierro los ojos. Hacía eones que no me acordaba de esa película—. Yo me quedo con lo que ocurre en este preciso momento. ¿Tú no?

No tengo muy claro eso de que cada decisión que tomamos nos conduzca a un universo paralelo. Me cuesta evocar un número infinito de Maggies viviendo realidades diferentes a la mía. No me entra en la cabeza.

Lo que no puedo negar es que Asher lleva razón en lo de que no hay ningún sitio de este universo, ni de ningún otro, en el que yo preferiría estar ahora mismo.

Capítulo veinticinco

No entiendo cómo puedes ser tan Grinch

Lunes, dieciocho de diciembre

—No seas pesada, mamá. Te he dicho que Adam no está enfadado. —Geena suena demasiado vehemente. Por esa razón, sé que me está mintiendo.

—Yo creo que sí lo está. —Phil, que revolotea por la cocina, interviene cada dos por tres en la conversación y no hace más que incrementar mi ansiedad—. No le seduce ni un poco la idea de que su padre y tú andéis acostándoos. Y, además, se lo he oído decir.

La boda se celebra este fin de semana y creo que todos estamos con los nervios a flor de piel. Phil, más que nadie. No se explica que aún siga aquí, menos cuando ve que a

Asher y a mí nos va tan bien juntos. Dice que no está celoso, que él ya no puede experimentar emociones tan mundanas, pero yo no estoy del todo convencida.

—Que no estoy celoso, Maggie. Lo que estoy es acojonado: no quiero quedarme en la Tierra, ni desaparecer, ni nada por el estilo. Quiero acceder a la eterna Navidad. ¿Es tanto pedir? Yo creo que el problema es que tú no te estás entregando al cien por cien en esa relación. Solo porque Adam no esté de acuerdo, no puedes cerrarte al amor. ¿Sabes qué opino? Que es por eso por lo que no estás todo lo feliz que deberías, y, en consecuencia, yo no me puedo marchar.

—Pensaba que te habían encomendado deshacer los lazos tan fuertes que nos unían, no que yo fuera feliz.

—Una cosa va ligada a la otra. No se pueden separar.

—Mamá. ¡Mamá! ¿Me estás escuchando? —Geena me zarandea con suavidad para que le preste atención.

—Perdona, hija, ¿qué me decías?

—¿De verdad los médicos te dijeron que te encontrabas bien? De nuevo estabas como ida. Te pasa cada vez más a menudo.

«Es que tu padre se ha convertido en un verdadero incordio», me entran ganas de contestarle, pero me temo que eso solo la haría pensar que de verdad sufro alguna patología.

—¿Que yo soy un incordio? ¡Qué suerte tienes de no conocer al fantasma del chalado ese, Maggie! ¡Qué suerte tienes!

—Claro que estoy bien de la cabeza, hija. Solo que tengo mucho en lo que pensar, y el enfado de Adam no me ayuda.

—¿Seguro que no me mientes solo para que disfrute de mi boda y después me anunciarás que padeces alguna enfermedad horrible?

—¡Por Dios, Geena! No seas melodramática, no te pega nada.

—No soy melodramática, es que… cuanto más se acerca el día de la boda, más echo de menos a papá. Pensar que… que podría… que podría perderte a ti también me revuelve el estómago.

La estrecho entre mis brazos. Colocar la cabeza sobre mi pecho parece infundirle un poco de calma. A pesar del nudo que se ha formado en mi garganta, consigo decir:

—No te vas a librar de mí tan fácilmente, pequeña.

Suena el timbre de la puerta. Pam anuncia a voz en grito que va ella a abrir y yo me quedo abrazada a mi niña, a pesar de que sé que quien ha tocado es Asher Jones (no puedo evitarlo, todavía se me escapa su apellido algunas veces), que viene a recogerme para acudir a un concurso de villancicos en el centro comercial.

El corazón empieza a palpitarme un poquito más deprisa. Intuyo, más que veo, la sonrisa en la boca de Geena. Sobre todo, porque ha cambiado ligeramente de posición.

—¡Guau, mamá! Realmente estás coladita por mi suegro. El corazón se te va a salir del pecho.

Le doy un coscorrón y me río.

—Eres tan tonta como solía serlo tu padre. No te soporto.

—¡Vaya! Gracias por la parte que me toca —protesta Phil.

En cambio, Geena se ríe. Parece que, en lugar de veintiocho años, tuviera doce, y me entran ganas de abrazarla todavía con más fuerza.

—Suelta, mamá, ya basta.

Pongo los ojos en blanco. «Cría cuervos...».

—Hola, chicas. —Asher se asoma a la cocina. ¿Ya he dicho que es mi lugar favorito de la casa?

—Hola, suegrito. —Geena le guiña un ojo y le saca la lengua.

Asher le dedica una sonrisa radiante y se acerca para darle un beso en la mejilla.

—Pensaba que Adam y tú teníais que ir a comprar no sé qué (no me lo ha querido decir, está claro) para la boda —le dice Asher, reemplazando la sonrisa por una cara intrigada.

—Sí, pero más tarde. Sobre las seis...

—Son las seis y diez, cariño. —Señala la esfera de su reloj.

—¡Oh, no! ¡Oh, no! —Mi hija se pone en pie tan deprisa que vuelca la silla en la que estaba sentada—. ¡Llego tarde! ¡Llego tardísimo! —Sale corriendo sin despedirse. Lo último que sé de ella es que cierra de un portazo que hace temblar los cristales de media casa.

—Nosotros también deberíamos salir si queremos pillar buenos sitios.

—¿Pillar buenos sitios? Pensaba que íbamos a permanecer de pie.

—No, no. Las cafeterías y los restaurantes del centro comercial distribuyen las sillas de manera que los cantantes se sitúen justo en el centro. Si vamos ahora, aún podremos ocupar una mesa decente y tomar algo mientras escuchamos esos tesoros desconocidos para el gran público.

Lo miro sin saber a ciencia cierta si me está tomando el pelo o en verdad piensa lo que dice.

—No te tenía por un entusiasta de la música en general, ni de la navideña en particular.

—La Navidad es la mejor época del año. No entiendo cómo puedes ser tan Grinch.

—Yo tampoco lo entiendo —comenta Phil, muy cerca de su oído—. Antes no era así, te lo aseguro.

Asher se lleva la mano a la oreja, como si quisiera espantar una mosca, aunque está claro que no ha escuchado ninguna voz. De ser así, intuyo que no me sonreiría del modo en que lo hace.

Capítulo veintiséis

Por tu culpa, ya no veré jamás los uniformes de hospital de la manera en que solía hacerlo

Martes, diecinueve de diciembre

Me despierto muy temprano, otra vez. Cada vez que duermo en la cama de Asher me sucede lo mismo, aunque hoy el motivo es diferente. Él tiene que trabajar. Se han acabado sus días libres y, para variar, debe salir de casa más temprano que yo.

—Será genial remolonear media hora más en tu cama mientras tú corres para ir al hospital. —Mi voz, impregnada aún de un matiz soñoliento, me suena rara incluso a mí.

—¿Piensas quedarte acostada? ¿No vas a desayunar conmigo? Creía que aún no habíamos llegado a esa fase de la relación. —Se acerca y deposita un beso suave en mis labios. Está poniéndose el uniforme del hospital, que, por cierto, le queda de fábula. Me entrar unas ganas apremiantes de jugar a médicos y enfermeras. O, en este caso, a enfermero y paciente.

—Ya no tengo veinte años. Necesito reponer fuerzas después de las noches que me haces pasar —digo, en cambio.

Su risotada resuena en mi pecho y me hace feliz. Me gusta mucho ser yo quien lo haga reír. Con Phil siempre ocurría al revés.

—¿No tienes que ir a trabajar? —me pregunta, antes de atravesar la puerta del baño, contigua a la de la habitación.

—No entiendo muy bien cómo escogiste los turnos libres. Yo los pedí lo más cerca posible de Navidad para tener mejor disposición los días previos al «gran acontecimiento». —Entrecomillo con los dedos las dos últimas palabras.

—Ya, yo también lo intenté, pero en mi caso es más difícil. En el hospital todo el mundo quiere disfrutar de los mismos días. Tienes suerte: al no trabajar los festivos, no te ves obligada a luchar por ellos.

—¿Tus compañeros no comprenden que la boda de tu hijo es una fecha importante para ti?

—Sí, y por eso libro el día de Navidad. Me lo han cedido, así que me parece justo que ellos libren los anteriores y posteriores a esa fecha para poder estar con los suyos.

—¿Te perderás la cena preboda? —Me incorporo deprisa en la cama y las sábanas caen, dejando a la vista mi desnudez.

—Lo que perderé será la hora de entrada si sigues provocándome así. —Esta vez, cuando se acerca, es para tomar uno de mis pezones entre sus dientes y dar un apretón, tan leve que me hace suspirar de forma ruidosa.

Antes de ausentarse de la habitación, me besa, y qué bien besa este hombre. Señala su entrepierna.

—¿Tú crees que es decente salir así de casa?

Me tumbo de espaldas en la cama con una sonrisa de felicidad. Asher se aproxima y me da otro beso, mucho más ligero esta vez.

—Te echaré de menos. —Rodeo su cabeza con los brazos.

—Yo a ti, más.

—¡Vale!

—¡Oye! Que este juego no es así.

—Ya lo sé, pero creí entender que tenías que marcharte ya y no quería entretenerte más.

Asher pone los ojos en blanco. Creo que me ha visto hacer ese gesto en tantas ocasiones que se lo he pegado.

Me río mientras lo observo ponerse un jersey y un abrigo encima de ese uniforme que, cada minuto que pasa, se me antoja más sexi.

—Por tu culpa, ya no veré jamás los uniformes de hospital de la manera en que solía hacerlo.

Una risa vibra en su pecho.

—Me parecen prendas de lo más antierótico. ¿No será que estás colada por un sanitario y confundes conceptos?

—Podría ser. —Me encojo de hombros. Me he vuelto a sentar en la cama, sin dejar caer la sábana en esta ocasión—. Aunque también podría ser que ese sanitario en concreto se lo tenga muy creído.

—¡Venga ya! Es algo de lo que ya hemos hablado. Soy una de las personas más humildes que conoces.

Esta vez, la que se ríe soy yo. Por no poner los ojos en blanco, claro.

El apartamento de Asher no es pequeño, aunque, por su distribución, la puerta principal resulta visible desde la cama. Coloca una mano en el pomo y, con la otra, me lanza un beso. Yo se lo devuelvo y le guiño un ojo. Después, me acurruco sobre el colchón; es verdad que me apetece quedarme un rato entre sus sábanas. Huelen a él, y, solo por eso, ya merece la pena. «Un ratito no le hará daño a nadie», me digo, mientras inhalo para llenarme las fosas nasales con su aroma.

Sin darme cuenta, me quedo profundamente dormida.

—¿Quién eres tú y qué haces en la cama de mi chico? —Al principio, me parece que los gritos histéricos forman parte de mi sueño. Pero entonces alguien me zarandea, y yo me espabilo de golpe.

—Despierta, zorra. —Abro los ojos y observo con pánico a la loca que se ha abalanzado sobre mí y me ha arrancado las sábanas de un tirón—. ¡Estás desnuda! Tápate, por Dios, ¿no tienes vergüenza?

Se trata de una chica joven, no tendrá más de treinta y pocos; es rubia, con los ojos azules, una nariz y una boca perfectas y un cuerpo de escándalo. El tipo de chica que pega con Asher Jones. No tiene nada que ver conmigo, que, aunque llevo muy bien los cincuenta, ya no tengo las carnes prietas, como antaño, estoy cubierta de estrías y las líneas de expresión se han instalado en mi cara para no abandonarme jamás.

—Perdona, ¿quién has dicho que eres, bonita? —Al fin y al cabo, una tiene su dignidad, y aunque he escuchado a la perfección que se ha referido a Asher Jones como su novio, quiero que me lo repita. También necesitaré saber cómo ha entrado en el apartamento y por qué se atreve a gritarme así. Y le voy a pedir todo eso con tanta educación que le va a dar vergüenza haberme hablado mal. La mayoría de las veces, esa estrategia funciona muy bien con las de su calaña.

—Soy la novia de Rob, Rob Jones. El dueño de este apartamento. Y tú eres la zorra que está desnuda en su cama. —Me apunta con un dedo acusador y una cara de asco que me hace estremecer.

—¿Cómo has entrado y por qué me gritas? Creo que esto tiene una explicación, y, desde luego, no es conmigo con quien deberías estar cab…

—¿Que no debería estar cabreada contigo? ¿Eso es lo que intentas decirme? ¿Con quién entonces, bonita? —Remarca el mismo apodo que yo he utilizado antes. Me lo está tirando en cara.

—Con Asher Jones —concluyo. Intento envolver mi cuerpo con la sábana mientras me pongo en pie. Poco a poco voy saliendo del estupor del sueño y voy asimilando que esto es real, así como que esta tía es tan maleducada que una comunicación formal no va a funcionar con ella.

—¿Acaso crees que eres la primera fulana que encuentro en su piso? —Una risa amarga brota de su garganta—. No, guapa, no lo eres. Aunque debo reconocer que su gusto se va deteriorando con el tiempo: nunca me había topado con una tan vieja como tú. —Me mira de arriba abajo con cara de repulsión. Aun tapada como estoy, me siento tan vulnerable y tan expuesta que me quedo sin respiración.

Tomo aire, o de lo contrario le arrearé una bofetada con la mano abierta. A la mierda mis modales.

—Mira, petarda, estoy harta de tus insultos gratuitos y de tu manera de dirigirte a mí. Podría ser tu madre. Además, hablar con educación no cuesta nada.

—Claro que podrías ser mi madre. Ya te lo he dicho: eres una vieja, no sé cómo puedes pensar que le gustas a mi Rob. ¿Qué pasa, que tienes mucho dinero y se está aprovechando de ti? Sí, seguro que es eso. —Se lleva un dedo a la boca y tira del chicle que está mascando, algo que yo solo había visto hacer a las que interpretan el papel de gilipollas redomada en las películas.

No me lo puedo creer. No pienso seguirle el juego a esta tía. Sé que ahora mismo con quien debería estar más enfadada es con Asher Jones, y lo estaré, vaya si lo estaré. En cuanto se me pase el rebote que me ha hecho pillar esta maleducada.

Con la cabeza alta y toda la dignidad posible, me dirijo al lavabo. De camino, voy recogiendo mi ropa, que ayer quedó esparcida por la sala de estar en cuanto llegamos a casa.

—No hace falta que entres en el baño para vestirte; ya he visto todo lo que había que ver. Y, por si te sirve de algo, te diré que eres de lo peorcito que he encontrado en esa cama, y créeme cuando te digo que he visto mucho.

—No entiendo qué haces con él si, según tú, has encontrado tantas mujeres en su cama.

Ella se encoge de hombros y vuelve a hacer esa asquerosidad con el chicle.

—Rob es así. No le basta con una mujer. Pero a la que quiere es a mí. Eso es lo único que importa. Yo no seré tan idiota como su ex. No tengo intención de apartarlo de mi lado. Si cada dos o tres meses necesita acostarse con otra que no sea yo para demostrarse que su hombría es la misma de siempre —vuelve a encogerse de hombros—, bueno, puedo soportarlo. Lo quiero demasiado como para rendirme por eso. Solo has sido sexo para él, nada más. Y seguro que ni siquiera el mejor que ha tenido.

Capítulo veintisiete

Tú sabrás

Jueves, veintiuno de diciembre

—Sigo sin creer que Asher haya sido capaz de hacernos esto. —La voz de Phil es lastimera y se une a mi llanto quedo.

—Sin duda, esa es la razón por la que sigues aquí. Porque Asher Jones es un maldito cabrón que me ha tomado el pelo. Menos mal que nos hemos dado cuenta antes de que mi enamoramiento de quinceañera fuera a más.

Estoy en pijama, abrazada a uno de los almohadones de mi cama, con la espalda apoyada en el cabecero. Desde que el martes llegué a mi casa y estuve a punto de tirar la puerta abajo al entrar, mis tres chicas pululan a mi alrededor con pies de plomo.

Para empeorar las cosas, Asher Jones me mandó un mensaje invitándome a cenar y al cine, y me preguntó por qué no me había encontrado en su cama al regresar de trabajar. En serio, ¿se puede ser más cínico?

Por supuesto, no respondí a ese, ni a los treinta mensajes que le siguieron. Hasta tuvo el descaro de presentarse en casa y pretender que hablara con él.

Ayer volvió a la carga. Harta de su insistencia, decidí responder:

Asher Jones: *De verdad, Maggie, no entiendo lo que ha podido suceder. ¿Por qué estás tan enfadada conmigo?*

Yo: *Tú sabrás.*

Asher Jones: *¿«Tú sabrás»? ¿Qué clase de respuesta es esa?*

Dada la rabia que he llegado a acumular a lo largo de estos dos días, me dije que sería interesante verlo a él también enfadado, y no hay mejor forma de cabrear a un tío que asegurarle que ya debería conocer el motivo de tu enfado.

Yo: *Tú sabrás.*

Asher Jones: *Te juro que no lo sé, Maggie. No tengo ni idea de por qué has decidido cortar conmigo. ¿Qué te he hecho para que estés tan molesta?*

Yo: *Tú sabrás.*

Asher Jones: *¿Quieres dejar de comportarte como una cría? ¿Qué es lo que sucede?*

Yo: *Tú sabrás, Asher Jones. Por favor, no me escribas más. No pienso contestar a ningún otro de tus mensajes o intentos de ponerte en contacto conmigo.*

Y me hizo caso. Vaya si me lo hizo.

Desde entonces, no he recibido noticias suyas.

Pam, Louise y Geena me miran con cara de pena cada vez que se cruzan conmigo. Por eso, hoy todavía no he salido de mi dormitorio; no puedo soportar este retroceso en la situación.

Les conté todo lo que había sucedido y las tres mostraron distintos grados de furia.

—No entiendo por qué os seguís fiando de esos seres despreciables que son los hombres —repuso Louise, como si los odiara a todos.

—Ya sabíamos que Asher Jones no era la mejor persona del mundo, pero nos convenció de que había cambiado. —Pam se siente tan decepcionada como yo, y no ha parado de hablar en plural desde entonces. Se muestra tan dolida que casi ha conseguido hacerme reír. Solo casi.

—No me lo puedo creer, mamá. Pienso que deberías darle una oportunidad para explicarse. —Geena todavía se halla bajo los efectos del síndrome de Estocolmo, lo cual tampoco me parece raro—. Adam está cabreadísimo, ahora sí, de verdad. Me ha dicho que justamente por esto era por lo que no le agradaba la idea de que su padre y tú os liarais. Porque se veía venir que tendríamos follón para el día de la boda. Lo cierto es que yo pensaba que la que armaría la gresca sería su madre, no tú. —Sí, definitivamente padece síndrome de Estocolmo si piensa que soy yo quien la ha liado, pero en ese momento pasé de explicárselo. No podía enfadarme con nadie más.

Unos toques en la puerta me sacan de mis cavilaciones.

—Pasa —digo, a pesar de que no sé de quién se trata.

Me seco las lágrimas de un manotazo antes de que la puerta se abra.

—Cariño, ¿no estás cansada de estar aquí metida?

Es Pam, menos mal. Alguien que comparte mi dolor no se ensañará tanto conmigo.

—Sé que debería salir y echar una mano a la niña, pero me jode que se haya puesto de parte de su suegro. El tío asqueroso me dijo que no quería que me viera con nadie más y, gilipollas de mí, yo le pedí lo mismo a él. No ha cumplido. No, no es solo eso. Phil tampoco cumplió su acuerdo.

—¡Hala, ya he recibido! Y sin mover ni un dedo —protesta él.

—Lo que ha hecho Asher Jones —continúo, como si no hubiese oído la queja de mi marido dentro de mi cabeza— ha sido comportarse como un rastrero. Igual que durante toda su vida.

—Está claro que no volveremos a fiarnos de él en lo que nos queda de existencia.

—¡Y yo que me peleé con Adelaide por defenderlo! Tendré que pedirle disculpas, lo cual no me hace ninguna gracia. Pero ninguna ninguna.

—Yo solo venía a decirte que está a punto de llegar tu madre.

Mi corazón se detiene durante uno o dos latidos. No sé si seré capaz de soportarla a ella y sus críticas hasta el día de Navidad. Por Dios, ¿qué he hecho yo para merecer esto? Si soy una mujer de lo más tranquila y empática. ¿Por qué tiene que confabularse todo el maldito universo contra mí?

—Ahora te estás pasando de victimista. —Phil sigue cabreado—. Ya te he dicho que yo no pude evitar mi muerte.

«Entonces, no haber prometido algo que no podías cumplir».

—¿Sabes qué? Empiezo a creer que la niña tiene razón y que estás exagerando. Cuando yo estaba vivo, no eras así.

«Te recuerdo que fuiste tú quien propició las dos primeras citas que tuvimos Asher Jones y yo». Si él puede enfadarse conmigo, yo puedo hacer lo mismo con él.

—Me largo. —Y, como es habitual, se esfuma con un «pof».

Le gruño a la nada, y con eso solo consigo que Pam se preocupe y me ponga la mano en la frente para comprobar que no tengo fiebre.

—Estoy bien, no te preocupes. Solo me está dando una jaqueca que creo que va a ser de las buenas. Eso me pasa por culpar al universo de lo que me sucede.

Mi amiga me mira sin entender nada de lo que digo.

En el piso de abajo, suena el timbre.

—¡Tu señora madre!

Me levanto de la cama como si una aguja me hubiera pinchado en el trasero y me dirijo al baño, para vestirme y lavarme la cara. Por nada del mundo quiero que la vieja arpía (negaré haber siquiera pensado eso de ella) se percate de que he llorado.

—Madre mía, qué guapa estás y cuánto has crecido, Geena. No deberías casarte, cariño; lo que deberías hacer es conquistar a cuantos hombres se te pongan a tiro y quedarte con el más rico de todos. Compartir tu vida con un muerto de hambre, igual que han hecho tu madre y tu tía, no te traerá la felicidad.

Su voz chillona suena clara desde la entrada. Pam tuerce el gesto, como suele hacer cuando algo le disgusta.

—La primera en la frente, y aún no me ha visto.

—¿Cómo estoy? —le pregunto. Solo con oír la voz de mi progenitora he sufrido una regresión a mi pasado, cuando todavía era ella la que controlaba mi vida.

—Abuela, te recuerdo que una de esas personas a las que llamas «muertos de hambre» era mi padre, y la otra es mi madrina, a la que adoro.

—Sí, sí, ya sé que no se debe hablar mal de los difuntos. De todas formas, yo ya tengo un pie en la tumba y me puedo permitir hablar mal de quien me dé la real gana.

—Como si no lo hubiera hecho durante toda su vida —susurra Pam en mi oído, porque ya hemos salido de la habitación y tiene miedo de que mi madre la oiga.

—Hola, mamá —digo nada más bajar la escalera y encontrármela frente a frente.

—Hola —responde, seca. Se acerca a mí y me ofrece su mejilla para que la bese. A Pam, ni se digna a dirigirle una mirada.

—Hola, Kat. Bienvenida.

—Para ti, soy la señora Williams, Pamela. Espero que no lo olvides en ningún momento.

Y, así, como si fuera una reina, entra y toma posesión de mi casa y me obliga a olvidarme, a la fuerza, de que ahora mismo me acucian problemas más importantes que su inoportuna presencia.

Menos mal que le he conseguido un vuelo de vuelta a Florida para el día veintiséis por la mañana, bien temprano.

Capítulo veintiocho

Soy así de gilipollas

Domingo, veinticuatro de diciembre

Desde el jueves, no he sabido nada de Asher. Ni tampoco de Phil, si es que ese dato es relevante. Lo malo ha sido que he disfrutado de ración triple de madre.

No es que su estancia aquí me haya aliviado la pena, pero, al menos, me ha impedido regodearme en ella.

Mi hija dice que, cuando conoció a Adam, sintió amor a primera vista. Y eso fue exactamente lo que me sucedió a mí con el padre de su novio cuando ambos teníamos quince años. Lo que no hubiera podido imaginar entonces es que me volvería a pasar a los cincuenta.

Sí, de acuerdo, tal vez nuestros dos primeros encuentros no fueron muy afortunados. «Pobre Phil; se ve que eso de ejercer de alcahueta no es lo suyo», me digo mientras me pinto los labios. Sin embargo, el día de la prueba del menú, cuando me llevó al hospital, se ganó mi corazón por goleada. Soy así de gilipollas.

Sé que Geena ha tratado de hablar con él para pedirle explicaciones acerca de lo que ocurrió en su casa el jueves por la mañana. Yo no quería que lo hiciera; ella no tiene por qué entrometerse, y creo que Adam está de acuerdo en eso.

Esta noche, Asher no va a asistir a la cena preboda, y eso supone un alivio, pero, al mismo tiempo, es una fuente de preocupación para todos nosotros, ya que, si bien es cierto que yo no soy una mujer de dramas (al menos, no en público), no tengo ni idea de cómo se comportará mañana.

Antes de salir de la habitación, oigo a Louise y mamá discutir. Seguro que nuestra progenitora ha criticado la ropa que se ha puesto o la que lleva Pam; no me extrañaría que no estuviese conforme. Aunque diga que lo hace por nuestro bien, para que no hagamos el ridículo, porque nos quiere, yo sospecho que experimenta un placer enfermizo al demostrar que es superior a nosotras dos.

—Maggie y tú sois demasiado parecidas a vuestro padre. Si hubieseis salido a mí, en vez de a él, otro gallo nos cantaría. —Ahí está, lo que yo decía. Siempre tiene que quedar por encima de todo el mundo y, en especial, de sus hijas.

Inhalo varias veces. Necesito serenarme o esta noche va a ser un auténtico infierno. Solo espero que Adelaide no se ensañe mucho con sus «te lo dije». Lo más seguro es que ya se haya enterado de lo que pasó en casa de Asher Jones, y no sé si voy a poder mantenerme impasible cuando lo saque a colación.

Louise opina que el enamoramiento me ha pegado muy fuerte. Que si me encuentro tan mal por una relación que ha durado menos de quince días a lo mejor debería hacérmelo mirar. Yo le he explicado por activa y por pasiva que ya venía enamorada de Asher Jones de antes, pero ella no está de acuerdo: dice que es de ser muy pava enamorarse por segunda vez de un chico que en el instituto no te prestaba la más mínima atención.

A él también lo ha puesto de vuelta y media, claro, pero, en su caso, se ha debido a que Asher Jones es un hombre, y no a que me haya partido el corazón (por segunda vez).

Cuando bajo al piso inferior, me encuentro a mi hermana y a Pam situadas en un extremo del recibidor y a mi madre, en el otro, lo más lejos posible de ellas.

—Por lo menos tú te has vestido con elegancia esta noche —me dice la última, dirigiéndome una mirada de aprecio—. Aunque mucho me temo que eso significa que mañana no podrás superarte y harás el ridículo. ¿Quién se viste mejor para la cena de ensayo de la boda de su hija que para la propia boda?

—Mamá, espero que desde ahora, y hasta que lleguemos al restaurante, te abstengas de realizar más comentarios hirientes acerca de nosotras tres...

—O ¿si no? —pregunta, antes de que yo pueda acabar la frase.

—O si no, tendrás que ir a pie.

—¿A pie? ¡Ja! Tengo dinero para pagarme un taxi. Tus amenazas son como polvo a mis pies.

—Tú te lo has buscado, madre. Pide un taxi. En mi coche no vas a ir.

Sin mirar atrás, descuelgo mi abrigo del perchero y me encamino a la puerta. Cuando tengo el pomo en la mano, miro a mi hermana y a mi cuñada, que se han quedado con la boca abierta, y les hago una seña con la cabeza para que vengan conmigo.

Ambas salen del trance en el que parecían haberse sumido tras mis palabras y me siguen al exterior de la casa.

—¡La has dejado muda! —exclama Louise, en cuanto cree que nuestra madre no puede oírla.

—Jamás te había visto hablarle así —la secunda Pam.

—Estoy tan cabreada que cualquiera que se atreva a meterse conmigo o con mis chicas esta noche va a palmar.

Llegamos pronto al pequeño hotel donde se celebrará el banquete de la boda. Hoy solo estamos invitados los más cercanos y aquellos que van a desempeñar algún papel mañana.

Geena me pidió hace unos meses que diera yo el discurso que, de estar vivo, debería haber pronunciado su padre. No obstante, yo rehusé hacerlo. Alegué que tenía miedo de emocionarme demasiado, así que le cedimos el testigo a Pam, quien, por cierto, se sintió muy halagada. Tiene debilidad por su ahijada, y haría cualquier cosa por ella.

El comedor se va llenando despacio; parece que la gente no tiene prisa en llegar. Durante unos segundos, Louise y

Pam me dejan a solas, y esa es la oportunidad que aprovecha Adelaide para venir a recrearse en mi desgracia.

—Siento mucho que hayas tenido que darte cuenta de tu error con Rob de una manera tan desagradable, querida. —Coloca una copa de champán en mi mano mientras habla con regocijo. Nada en su voz me empuja a creer que de verdad lo lamenta.

—Sí, yo también siento mucho haber tenido que darte la razón.

—No me escucháis, nunca. Y, después, pasa lo que pasa. Que ese cabrón os rompe el corazón en mil pedazos. No eres la primera a la que he tenido que advertir de lo malo que es. Al menos, esta vez Adam sí ha creído mi versión, porque, de un tiempo a esta parte, Rob le tenía la cabeza comida con la idea de que, en realidad, la mala era yo.

Si a Disney no le hubiera dado por hacer pasar por buena gente a los villanos de toda la vida, me atrevería a comparar a Adelaide con Cruella de Vil, aunque, después de la última película que se ha hecho de ella, incluso Cruella es un cachorrito adorable en comparación con la suegra de mi hija.

Se ve a la legua que está disfrutando al pisotear con ímpetu los trocitos que quedaban de mi corazón después de que la rubia buenorra irrumpiera en casa de Asher el otro día.

—Perdona, Adelaide, pero han llegado los hermanos de Phil y debo ir a saludarlos. —No me da la gana seguir escuchando su sermón. No es mi amiga, para poder dármelo, y tampoco la quiero cerca. Conversar con ella me roba la energía y me deja hecha polvo.

—¡Maggie!, ¡Maggie! Ya sé qué ha sucedido. Me faltan algunos flecos... —Mi corazón brinca en el pecho, tanto por el susto que me da Phil como por las noticias que trae—. Madre del amor hermoso, ¿ese es Patrick? Qué mal ha envejecido mi hermano. Ya decía James Dean que más vale morir joven y dejar un bonito cadáver. Si yo me hubiese puesto así de gordo...

—A ver, Phil, cariño, ¿puedes centrarte por una vez? No te sigo el ritmo. Deja en paz a tu hermano, que es una excelente persona y no merece tus críticas, y cuéntame qué has averiguado.

Se me ha instalado un peso en el estómago que, intuyo, no va a desaparecer hasta que Phil hable por esa boquita. O lo que sea todo ese humo.

—El problema es que no sé cómo demostrar lo que he descubierto, Maggie. Estás tan enfadada con Asher Jones que temo que no creas nada de lo que te cuente. Necesito que la misma persona que se ha encargado de liarla confiese. Y no sé cómo lograrlo. Además, si lo consigo, quizás la niña decida no casarse, y eso me parece aún peor.

Capítulo veintinueve

No vas a conseguir que confiese nada

Domingo, veinticuatro de diciembre

—Phil, no entiendo a dónde quieres llegar. Cuéntame de una vez qué has descubierto y yo decidiré si creerlo o no.

—¡No y no! La que tiene que dar explicaciones es ella. —Enfoco la mirada hacia donde apunta su dedo transparente y descubro que está señalando, ni más ni menos, que a Adelaide.

—¿Qué tiene que ver ella en esto? ¿Es otra de las amantes de Asher? Porque es lo último que me faltaba: que se critiquen el uno al otro y, después, resulte que andan acostándose.

—No has oído a Asher criticar a esa bruja ni en una sola ocasión. Recuerda las veces que habéis charlado acerca de ella. Nunca te ha hablado mal de su ex.

Phil tiene razón. Siempre que ha salido a relucir Adelaide en alguna conversación entre Asher y yo, él ha cambiado de tema de forma sutil. Eso me cabrea aún más.

—Lo que yo te digo: esos dos están liados y quieren hacernos creer a los demás que se odian.

—No seas cínica, Maggie, no es tu estilo.

—Pues, sigo sin saber a dónde quieres llegar. —Me cruzo de brazos, enfurruñada. No quiero que Phil vuelva a defender a Asher, mucho menos después de que este se portara tan mal conmigo.

—¡Mira que eres cabezona, mi amor! Lo único que pretendo es que veas que Asher sí es quien dice ser. Un tío más majo que las pesetas. La mala es ella. Te demostraré, sin sombra de duda, que fue Adelaide quien puso en marcha el plan para que tú te enfadaras con él. Aguarda y verás. —Suspira, como si buscara la solución a un problema muy difícil, y poco después en su cara asoma una sonrisa maquiavélica. Se frota las manos—. ¡Como que me llamo Phil Cooper que le voy a sonsacar esa confesión!

Dicho esto, desaparece de mi lado, para reaparecer junto a Adelaide. Se retuerce las manos con anticipación y sé que la va a liar parda. Espero que la niña no se enfade mucho, o no tanto como para suspender la boda.

Albergo cierto placer insano, a pesar de que no sé qué ha descubierto Phil, ni si me va a hacer cambiar de opinión respecto a Asher, aunque yo diría que no. No es posible que alguien haya trazado un plan tan astuto, y mucho menos Adelaide. Además, si Asher fuera inocente, no se hubiese rendido con tanta facilidad. Apenas ha insistido en probar su inocencia. Si ya lo dice el refrán: cuando el río suena…

No los pierdo de vista. No sé cuáles son las intenciones de Phil, pero, conociéndolo, ninguna es buena; de eso estoy segura.

Mi marido ondea alrededor de Adelaide envuelto en neblina, como si quisiera tomarle la medida, descubrir el modo de alterarla lo suficiente para que confiese lo que él quiere.

No lo veo factible. En serio. No va a ser para nada tan fácil como él imagina.

Justo en este momento, un camarero pasa por su lado con una bandeja llena de copas de champán. Phil se sitúa justo debajo y la empuja con ambas manos, de manera que todas las copas se inclinan peligrosamente hacia un lado. El camarero consigue recuperar el equilibrio, pero Phil persiste hasta que consigue su objetivo.

Adelaide comienza a chillar cuando el champán baña su vestido. No sé si porque está muy frío (tiene toda la pinta de que sí) o por el susto que se ha llevado.

Después de la impresión inicial, la emprende a gritos contra el pobre empleado, que no tiene la culpa. Él se disculpa de todas las formas posibles; mientras, en torno a ellos se va formando un corrillo.

Adam parece indignado cuando se sitúa al lado de su madre para increpar al pobre chico. Yo siento pena por él, pues le está cayendo una gorda sin haber hecho nada.

Phil me mira y se encoge de hombros. Se ha situado de nuevo junto a mí.

—Creo que esa no es la manera —afirma—. Así, parece que el pobre chico es un patoso, y no que a Adelaide la haya atacado una fuerza sobrenatural. Tendré que idear algo más espeluznante.

—Por favor, Phil, piensa en Geena. No hagas nada que pueda causarle infelicidad.

—Por supuesto que no. ¿Por quién me tomas?

Pongo los ojos en blanco. Amé mucho a mi marido, pero este fantasma suyo está demasiado obcecado con la idea de entrar en una «eterna Navidad» como para pensar en nadie que no sea en sí mismo. Ni siquiera me permite responder a su pregunta retórica: antes de que me dé cuenta, ya ronda otra vez a Adelaide, que sigue gritando como la energúmena que es.

Debería acercarme a ella para brindarle ayuda o apoyo moral o lo que sea. «¡Na! No se lo merece», pienso, y me llevo la copa de espumoso a la boca.

La veo dirigirse al baño con una de sus hermanas. «¿Ves como no te necesita?». Ambas van seguidas de cerca por el humo espectral de Phil. «Tal vez sí que precisen de auxilio». No puedo evitar que una tenue sonrisa se dibuje en mis labios, aunque la situación sea más bien inquietante.

Voy hacia Geena, que se encuentra acompañada de Pam, Louise y mi madre.

—Esa suegra tuya es como un papagayo. Hace el mismo ruido —oigo que le dice mi progenitora.

—Cállate, abuela. Adam puede oírte.

—Mejor. Cuanto antes se entere de que tiene una madre difícil, mejor para ti. No sabes lo que me costó hacerle ver eso mismo a tu abuelo.

Mi pobre padre era un santo. Nunca lo he dudado.

A los pocos segundos, Adelaide y su hermana salen del baño. Se llevan las manos a la cabeza. Adam corre junto a su madre mientras esta llama al encargado a voz en grito.

—¿Qué ha pasado ahí dentro, Phil?

—Nada —responde él, materializándose a mi lado—. Digamos que algunos objetos han echado a volar y las han acojonado un poco.

El mismo *maître* que nos atendió el otro día se presenta ante mi consuegra con cara de pánico. Hablan, pero desde aquí no puedo entender lo que le dice.

—¡No! No puede ser que esté culpando al hotel de eso. ¿No se da cuenta de que es un espíritu el que la está persiguiendo, y no una mala distribución de los objetos en el lavabo? —Phil se lleva la mano a la frente y niega con la cabeza—. No me va a quedar más remedio que sacar la artillería pesada.

—Yo creo que lo que deberías hacer es contarme de una vez cuál es tu hipótesis y dejarte de tonterías, Phil. No vas a lograr que Adelaide confiese nada.

—¿Que no? ¿Ves a aquel camarero? El más alto. Lleva un manojo de llaves en el bolsillo. Necesito que lo convenzas para que se las entregue a Adelaide cuando yo te lo indique y que agite el manojo de llaves frente a su cara.

—¿Cómo? ¿Por qué? ¿Qué te hace pensar que querrá acercarse a ella después de los gritos que Adelaide le ha pegado al otro camarero?

—Lo persuadirán los cincuenta dólares que le vas a regalar. —Sonríe y alza las cejas. Yo resoplo. Lo intentaré, pero no pienso darle cincuenta dólares. Máximo, veinte—. Cariño, no seas tacaña, anda, y haz lo que te digo.

—¿Y si eso tampoco funciona?

—Mandamos a tu madre a hablar con ella.

—Eso sí que no va a dar resultado. ¿Cuándo has visto tú que mi madre haga algo porque yo se lo pida? Además, está cabreada conmigo porque antes la he dejado en casa.

—Maggie, tu madre puede comportarse como la persona más desagradable que existe, pero haría cualquier cosa por sus hijas. Tú solo tienes que darle un empujoncito. Ya verás qué bien se le va a dar esto.

Primero, me dirijo al camarero que me ha señalado Phil. A regañadientes, le entrego los cincuenta dólares y le pido no solo que mueva el manojo de llaves delante de la cara de Adelaide, sino que, al mismo tiempo, le exija que confiese. Luego, y sin esperar a ver si la treta funciona, voy a hablar con mi madre.

Seguimos todos en pie. Después del espectáculo que ha dado Adelaide, nadie se ha atrevido a sentarse en su sitio.

—Mamá, necesito que vayas a hablar con mi consuegra.

—¿La papagayo? ¿Para qué? No pienso presentarle mis respetos ni nada por el estilo…

—No. Solo necesito que la mires con tu cara más amenazante y le digas: «Sabemos qué has hecho. Confiesa».

—¿Qué tontería es esa?

—Nada, es solo una broma. Tú ve y díselo.

—Que le diga también que, si no obedece, no cesarán de pasar cosas extrañas a su alrededor.

—Esto..., mamá... —le digo cuando, para mi absoluta sorpresa, mi madre echa a andar hacia mi consuegra, que aún discute con el *maître*—, dile también que lo que ha sucedido en el baño no será nada en comparación con lo que va a ocurrir a su alrededor a partir de ahora.

—¿Te das cuenta de las tonterías que me obligas a hacer?

—Mamá, a ti nunca te ha obligado nadie a hacer nada que no quieras. Si te prestas a mi juego será porque te reconcome la intriga.

No puedo asegurarlo, pero me parece vislumbrar una media sonrisa en la cara de mi progenitora.

Pagaría lo que fuera por escuchar la conversación entre las dos; sin embargo, tengo que conformarme con observarlas desde lejos.

Cuando mi señora madre termina su perorata, mi consuegra me lanza una mirada suspicaz y se dirige hacia mí con decisión.

Aquí es cuando Phil pierde la paciencia por completo. Ante mis ojos, su figura fantasmal se convierte en un torbellino. Con cada paso que da Adelaide, Phil arroja algo al suelo: una silla; otra; un plato que se hace añicos; todo cuanto está encima de una de las mesas. Por último, consigue que una de las lámparas del techo se estrelle justo a los pies de la madre de Adam.

Capítulo treinta

En eso tengo que darle toda la razón

Domingo, veinticuatro de diciembre
(seguimos sin cenar)

—¿Qué intentas hacer, Maggie? No me gustan este tipo de bromas. Nada de nada.

Su rostro va palideciendo a medida que se aproxima a mí. Comprende que lo que sucede a su alrededor ya no es fortuito. «Algo» lo está provocando, aunque no pueda saber de qué se trata.

—Yo no hago nada, lo prometo —le aseguro. «Aunque no puedo decir lo mismo respecto a Phil»—. Pero parece que alguna fuerza sobrenatural está empeñada en que confieses algo. ¿Tienes algo que confesar, Adelaide?

—Eso es lo que tú quisieras. —No pronuncia estas palabras con su seguridad habitual. Mira en derredor, como si temiera una fuerza incorpórea.

Los invitados a la cena están estupefactos, ni siquiera se atreven a acercarse a nosotras. Yo misma estaría asustada si no hubiese visto a Phil cargándose todos esos objetos.

Adam y Geena permanecen abrazados. Adelaide mira a su hijo en busca de ayuda, pero ya se sabe que ningún hijo ha dejado a su mujer para regresar con su madre. Para irse con otra, sí, pero con su madre... ¡na!

—Debo rematar esto. No se me ocurre qué más podría hacerle a esa bruja... —Phil se retuerce las manos con ansiedad. De repente, se queda muy quieto.

—¿Qué está pasando aquí?

El corazón me da un vuelco y, acto seguido, se pone a latir a mil por hora. Asher dijo que no podía asistir a la cena de ensayo; sin embargo, aquí está.

No me he preparado para verlo hoy, esperaba no tener que hacerlo hasta mañana. Las manos me empiezan a temblar, y a duras penas consigo que mis piernas no flaqueen. Al menos, sigo manteniendo el control sobre algunas partes de mi cuerpo.

Phil decide dar el toque final a esta locura.

Una copa de champán vuela despacio desde la bandeja de un asustado camarero hasta las manos de Adelaide. Para completar el cuadro, el camarero al que le he dado los cincuenta dólares elige justo este momento para menear el manojo de llaves delante de la alucinada cara de mi consuegra y, con un tono espectral que no habíamos pactado, dice:

—Confiesa.

La veo derrumbarse, aunque intuyo que no es debido al lío que ha montado Phil. Es la presencia de Asher a mi espalda la que hace que se le transmute el gesto, se lleve la mano al corazón y busque una silla en la que sentarse.

—Yo... yo fui quien lo organizó todo.

—¿Qué has hecho esta vez, Adelaide? —La voz de Asher es de cansancio absoluto. Yo lo preferiría enfadado, pero se ve que él no es mucho de irritarse.

—Mandé a esa actriz a tu casa y le dicté todas las cosas horribles que tenía que decirle a Maggie para que no quisiera verte más.

—¿Actriz? —Asher y yo pronunciamos la palabra al mismo tiempo, aunque nuestras reacciones son muy distintas. A mí me entran unas ganas terribles de gritar, mientras que Asher rompe a reír a mandíbula batiente.

—¿Qué te hace tanta gracia? —pregunta Adelaide a su exmarido.

—Estaba preocupado porque no sabía en manos de qué clase de loca podían haber acabado las llaves de repuesto de Adam. Sabiendo que se trata de una actriz, me quedo mucho más tranquilo.

—¿Tú lo sabías? —Me vuelvo deprisa para encararlo. Mi corazón da un traspié y se paraliza durante algunos segundos; después, su velocidad se dispara. Lo mismo que me sucede cada vez que veo a Asher desde que tengo memoria. Vestido con traje, está... está... Está para quitárselo a tirones—. ¿Por qué no me lo contaste?

Cuando se gira hacia mí, su rostro cambia. Ya no ríe, sino que me mira serio, diría que enfadado.

—No tenía claro qué había pasado exactamente. Adam se dio cuenta de que habían desaparecido las llaves de mi casa que él guarda y me comentó que quizás las tenía Adelaide.

—¡Adam! —Geena reprende a su prometido—. ¡Te conté lo hecha polvo que estaba mi madre después de lo que había pasado en casa de tu padre y no te dignaste a decirme que todo podía ser una treta de Adelaide!

—Ya te advertí de que esto no iba a gustarle nada a la niña. —Phil se estaría mordiendo las uñas si estas fueran corpóreas.

—No podía saber a ciencia cierta que mi madre estuviera detrás de ese lío.

—¡Oh, vamos! ¿Quién iba a estarlo si no? —Geena se zafa de su abrazo y viene a situarse a mi lado.

Trago saliva y miro a uno y a otro. La rodeo con mis brazos.

—¿Por qué no me dijiste que sospechabas que era una trampa? —le insisto a Asher, a media voz.

—¿Acaso me hubieses creído? No me diste opción a explicar nada, ni siquiera quisiste escuchar mis argumentos.

—En eso tengo que darle toda la razón, Maggie. No te portaste nada bien con él. —Fantástico. Phil se pone de parte de Asher. Yo prefiero no contestar.

Adam se acerca a nosotras y Geena lo mira con los ojos entrecerrados.

—No puedo seguir contigo mientras no dejes de ser un niño de mamá, Adam. Estabas al tanto de lo mal que lo estaban pasando tu padre y mi madre y, aun así, continuaste protegiéndola. Vámonos, mamá. Me parece que mañana no va a haber boda.

—Por Dios, Geena, no puedes decirlo en serio... —le ruega Adam, intentando acercarse más a nosotras.

—¡Y tan en serio! No pienso casarme contigo mañana, y, ahora, déjame marchar. No quiero verte.

Geena tira de mí hacia la puerta. A mí me gustaría que nos quedáramos y tratásemos de arreglar la situación, tanto con su novio como con el padre de este, pero entiendo que ella necesita alejarse del jaleo que se ha montado. Aunque solo sea para verlo desde otro prisma, uno en el que no se sienta tan implicada.

Le dirijo una mirada a Asher que espero que sea lo bastante elocuente.

Una vez fuera, Louise, Pam y mi madre nos vienen a la zaga

—Pues, aunque no hayamos cenado, lo he pasado mucho mejor de lo que esperaba —oigo que dice mi progenitora, y me entran ganas de darle un coscorrón, como a los niños pequeños cuando dicen impertinencias.

Geena empieza a llorar y yo me siento superculpable. Nada de todo esto habría pasado si yo no me hubiera liado con Asher. ¿Por qué el mundo tiene que ser un pañuelo? ¡No habrá hombres en Bethlehem como para haber coincidido tres veces con el mismo!

De repente, sus palabras resuenan en mi cabeza:

«Una vez es un hecho fortuito; dos, casualidad, y tres, un patrón».

Capítulo treinta y uno

A lo mejor algún día

Domingo, veinticuatro de diciembre

—Aún no puedo creer que Adam haya sido tan gilipollas.
—Geena no ha parado de refunfuñar desde que hemos salido del hotel—. ¡Que no podía estar seguro, dice! Bastaba que lo hubiese comentado conmigo. Yo sí hubiese estado segura. ¡Vamos! No habría dudado ni un solo segundo. ¡Desaparecen las llaves en su casa y aparece una tía loca en la de su padre! Como para no atar cabos. Joder, joder, joder. ¿Cómo no me he dado cuenta de que Adelaide siempre estará antes que yo en nuestra relación?

—Más vale tarde que nunca. —Mi madre levanta en el aire un vaso con *whisky* y hielo que se ha servido ella solita.

—Mamá, deberíamos suavizar la situación, no empeorar más las cosas. —Louise está sobrepasada. Estas circunstancias la ponen de mal humor, no sabe cómo lidiar con ellas.

—Yo creo que te has precipitado, cariño. Es normal que Adam quiera defender a su madre. A mí me habría sentado fatal que tú no hicieras lo mismo conmigo, Geena.

—Una cosa es defenderla y otra, consentir que la gente sufra por su culpa. —Está tan enfadada que no atiende a razones.

—Ese chico es un títere en manos de su madre, ¿no querrás que la niña se case con alguien así? —insiste mi madre. A Pam le entra una tos estentórea y todas nos volvemos a mirarla—. No hace falta que intentes disimular, nuera. Ya sé que yo tampoco te caigo bien a ti, pero al menos puedes estar segura de que ni Louise ni Maggie, que, para el caso, es como si también estuvieras casada con ella, escuchan media palabra de lo que yo les aconsejo.

—Vamos a relajarnos las cuatro. ¿No os parece? —Me esfuerzo en poner un poco de cordura, aunque por dentro me tire de los pelos.

Suena el timbre de la puerta y nos miramos unas a otras.

Me levanto para abrir. Sé de sobra que el que aguarda en la puerta es Adam; ese chico está loco por Geena, aunque ella ahora no pueda ver un palmo más allá de su propia nariz.

Tiro de la hoja con fuerza mientras dibujo una sonrisa en mi boca. La sonrisa muere al instante. Quien está frente a mi puerta no es Adam, sino su madre.

—No eres bien recibida en esta casa, Adelaide. Será mejor que te vayas por donde has venido.

Voy a cerrar, pero ella consigue colar el pie entre la hoja y el quicio.

—No me cierres en las narices, Maggie. Vengo a disculparme contigo y con Geena.

—No creo que mi hija acepte tus disculpas. Además, no es contigo con quien está enfadada, aunque ahora mismo no te soporte. Y, en cuanto a mí, tampoco soy yo la que debe perdonarte.

—Ya lo sé, ya lo sé. También sé que, si no me disculpo ahora, los dos hombres de mi vida no me van a perdonar jamás.

La escudriño con suspicacia.

—¿Los dos hombres de tu vida? —Abro la puerta por completo para poder hablar mejor con ella. La dejo pasar al recibidor; sin embargo, no pienso permitir que se adentre ni un paso más.

Geena se ha acercado a comprobar qué sucedía. Al igual que las otras tres. En esta casa es imposible disfrutar de un mínimo de intimidad.

Adelaide mira hacia ellas por encima de mi hombro.

—Siento mucho haberme comportado de la manera en que lo he hecho contigo y con tu madre, Geena.

Mi hija espira con fuerza.

—Creo que primero deberías pedirle disculpas a tu hijo por haber sido «ese» tipo de madre. Lo tienes tan asfixiado que no lo dejas respirar por sí solo.

—Lo sé. —De verdad parece contrita—. Tenía miedo de perderlo, como perdí a su padre. Pensaba que podría recuperar a Rob en cualquier momento —añade, mirándome a mí—. Hoy me ha dejado claro que nunca volverá conmigo. Al parecer, esta vez se ha enamorado de verdad.

Mi corazón empieza a danzar en mi pecho, una milésima de segundo antes de que me dé por pensar que quizás no sea de mí de quien se ha enamorado Asher.

—Los tres hemos estado hablando un buen rato después de que se marcharan los invitados. He accedido a ir a terapia —dice, con los dientes apretados. Eso me hace comprender lo difíciles que habrán sido las negociaciones. Los tres habrán tenido que realizar alguna concesión. Siempre es así. De todas formas, creo que la idea de la terapia no le ha sentado nada bien a Adelaide. Procuro no sonreír. Me inspira mucha lástima el pobre terapeuta al que le toque atenderla— y a no inmiscuirme en sus vidas tal como he hecho hasta ahora. Lamento haberos molestado: sé que es tarde y todos estamos muy cansados. Pero mañana... —Deja las palabras en el aire mientras mira a Geena—. Vas a presentarte en la iglesia, ¿verdad? Tienes que perdonar a Adam; yo le prohibí que te dijera nada acerca de las llaves. Sabía que, si él te lo decía, enseguida sumarías dos más dos.

—No sé si hubiese caído en la cuenta, Adelaide. Solo alguien muy retorcido puede planear una intriga de ese calibre.

Me interpongo entre Adelaide y mi hija, o esta charla se convertirá en una espiral de reproches. Creo que, por hoy, ya hemos tenido suficiente.

—Vale, Geena, no tenemos por qué hacer leña del árbol caído. —La cara de Adelaide es la definición misma de la contención. Presumo que, si no acabara de recibir un sermón de dos pares de cojones, tendría una pullita perfecta para replicar; sin embargo, se calla y agacha la cabeza.

—Si no viene él mismo a explicarme lo que habéis hablado y las conclusiones a las que habéis llegado, no hace falta que me espere mañana. —Geena se cruza de brazos. Parece decidida a cumplirlo.

—Me ha asegurado que exigirías eso. Te conoce muy bien. Te quiere mucho, también. Eso es lo que me da más miedo.

—Por eso no tienes que preocuparte —salta mi madre, que, milagrosamente, hasta ahora ha permanecido callada—. La va a querer mucho más a ella, al menos durante un tiempo.

—¡Mamá! Así no ayudas —le recrimina Louise.

—¿Quién ha dicho que yo esté aquí para ayudar? Yo no, ¿verdad?

—Está ahí fuera, en su coche, esperando a que lo avise de que puede pasar. —Adelaide tiene el tacto de hacer como si no hubiera oído a mi madre. No sé cuánto durará la paz, pero creo que hay que aprovecharla a tope.

Geena, que sigue con los brazos cruzados, eleva la barbilla y, por un momento, pienso que le va a contestar que no quiere ver a Adam. Después, respira hondo y dice:

—Le doy dos minutos. Si no me convencen sus razones, mañana no hay boda. —Da media vuelta y se marcha escaleras arriba, hacia la habitación que ocupaba cuando aún vivía en esta casa.

Adelaide no sonríe, parece más triste que contenta; no obstante, asiente con la cabeza. Después, ase el pomo. Antes de salir, se dirige a mí:

—De verdad, me siento muy avergonzada de lo que he hecho. —Y, cuando se cerciora de que ya no la oye nadie más que yo, añade—: Un día me enseñarás cómo has hecho todos esos trucos para asustarme, ¿verdad?

Yo aprieto los labios y extiendo las manos de forma teatral. Ni loca pienso explicárselo.

—A lo mejor algún día.

Capítulo treinta y dos

Vaya, esa es una forma muy sutil de meterse en casa de alguien

Domingo, veinticuatro de diciembre

Adam entra hecho un torbellino cero coma dos segundos más tarde. Me mira, yo le indico con un dedo el piso de arriba y él se apresura por las escaleras. Cualquiera diría que los intestinos le están dando una mala noche.

—El pobre está acojonado —afirma Phil, a mi espalda.

—Yo también lo estaría. Me temo que Geena ha salido más a mi madre de lo que pensábamos.

—Tenerlos bien puestos no es malo. No queremos que nadie pise a nuestra niña.

Sumida en mis pensamientos, voy a cerrar la puerta, pero noto que algo me lo impide. Vuelvo a abrirla para ver de qué se trata.

Mi estómago y mi corazón dan un triple salto mortal cuando descubro a Asher Jones apoyado en el quicio. Esa sonrisa suya derretiría un iceberg.

Me coloco un mechón de pelo detrás de la oreja y me muerdo el labio inferior.

—Siento mucho... —comenzamos los dos, al unísono.

Tuerzo la boca al tiempo que Asher ensancha su sonrisa.

—Te dejo empezar a ti —dice, y me guiña un ojo.

—Muy caballeroso.

—Lo que estaré es muy helado si no me dejas pasar.

—Vaya, esa es una forma muy sutil de meterse en casa de alguien.

Lo invito a entrar. Mis pasos me guían hacia la cocina, pero ahí están mi madre, Louise y Pam, así que giro sobre mí misma y empujo a Asher hacia el salón.

El gran árbol de Navidad preside la estancia y le confiere un calor hogareño que no desprende el resto del año. Tendré que darles la razón a todos estos y admitir que la decoración navideña da vida a una casa.

—Siento mucho no haber confiado en ti. Los prejuicios me ganaron la partida. Se ve que, aunque tú me aseguraste que habías cambiado, no lo terminé de creer. Y ya sé que es muy feo echarle la culpa a otro sobre algo cuya única responsable soy yo... —Tomo una gran bocanada de aire—. Adelaide supo sembrar muy bien la duda en mí, y después esa chica... ¡Buf! Fue demasiado. No, no, eso no es lo que quería decir. ¡Bórralo!

Me llevo las manos al rostro, abochornada. Asher las aparta con suavidad y me obliga a mirarlo a los ojos.

—La culpa no es de nadie. A mí me sentó tan mal que no quisieras escucharme, que no creyeras en mi palabra, que me cerré en banda. No me dio la gana explicarte que habían desaparecido las llaves de Adam y que todo apuntaba a que Adelaide me la había jugado, de nuevo.

—¡Oh, Asher! Lo siento tanto. Te juro que no volverá a suceder… Bueno, si es que lo nuestro aún…

La sonrisa de Asher Jones ilumina la casa mucho más que las propias luces de Navidad.

Se acerca a mí y me besa. Empieza con un roce suave de nuestros labios, pero enseguida necesito más. Entreabro la boca y dejo que su lengua se cuele dentro. Entonces, lo ataco sin piedad, y el beso se convierte en una danza que no quiero que termine nunca. Nos besamos hasta quedarnos sin aire. Porque nada nos basta; hasta la ropa me molesta.

Cuando nos separamos, nos falta el aliento. Qué mierda esto de tener la casa llena de gente justo en estos momentos. Asher Jones me sonríe; durante el beso, ha colocado su mano en mi nuca, y ahí sigue. Me acaricia la mejilla con el pulgar. Nuestros ojos hablan por nosotros, y siento que mi corazón da saltitos de felicidad.

—Me encantará darte una quinta oportunidad —dice, sin dejar de sonreír.

Una mirada suspicaz se instala en mis ojos. Solo hasta que él se echa a reír a carcajadas y asumo que me está tomando el pelo.

—¿Cómo que quinta? La tercera te la di yo a ti, si no recuerdo mal. Así que no intentes vacilarme. Veremos quién da la quinta oportunidad a quién.

No me deja seguir hablando, pues empieza a besarme de nuevo, esta vez, incluso, con más pasión que antes.

—Te daré todas las oportunidades que quieras, Maggie. Si hace algo más de un mes, cuando Adam me lio para que me apuntara a esa aplicación de citas, me hubiesen dicho que me enamoraría de la manera en que lo he hecho, me hubiese reído durante dos días enteros. Pero ahora, teniéndote aquí, sabiendo que vamos a estar juntos, no puedo dejar de preguntarme cómo fui tan imbécil en el instituto.

Le pongo un dedo sobre los labios.

—Todas las decisiones que hemos tomado a lo largo de nuestra vida han sido las que nos han traído hasta aquí. No me arrepiento de uno solo de los pasos que he dado antes de encontrarme contigo de nuevo. Vamos a centrarnos en los que daremos a partir de ahora.

Asher apoya su frente sobre la mía. Lo siento suspirar.

—Sí, tienes razón. Vamos a disfrutar de estar juntos y olvidarnos de lo que hubiese podido ser.

Nos quedamos abrazados, solo por el placer de estarlo.

Al cabo de un rato (no sé ni cuánto tiempo ha pasado), Pam asoma la cabeza por la puerta del salón.

—¿Ya habéis hecho las paces por aquí? —pregunta, antes de entrar. Trae dos tazas en la mano y, cuando nos las entrega, descubro que son de chocolate caliente, con muchas nubes—. Porque, a juzgar por los ruidos que llegan de arriba, parece que los tortolitos también se han reconciliado.

Me llevo la mano a la frente. ¿Se puede ser más bruta que mi amiga?

—Supongo que eso significa que mañana habrá boda. Eso sí que será un milagro de Navidad en toda regla. —Asher irradia felicidad, lo mismo que yo.

—Me temo que las fotos saldrán preciosas. Va a hacer falta más de un bote quitaojeras en esta casa —dice Pam.

Niego con la cabeza y me separo un momento de Asher. Necesito ir al lavabo.

Al atravesar la entrada, una luz cegadora me detiene.

—¡Maggie!, ¡Maggie! —Phil no parecía tan contento desde antes de que lo perdiera por primera vez. Ahora, estoy a punto de renunciar a él de nuevo. Esta vez no albergo dolor. O, al menos, no es igual al que experimenté cuando murió. El vacío no va a ser el mismo, como tampoco la situación tiene que ver—. ¿Será esa luz la mía?

—No lo sé, quizás deberías seguirla y comprobar a dónde te lleva.

De repente, entre el resplandor, distingo algo que se mueve. Cuanto más cerca está, más se asemeja a una silueta humana. Está formada de humo, como Phil, pero brilla mucho más que él.

—¿Qué es eso?

—Yo más bien preguntaría quién es. Parece una mujer.

Cuando la recién llegada se pone a la altura de Phil, lo mira y le sonríe con indulgencia.

—Phil, Phil, Phil. ¿Qué vamos a hacer contigo? —pregunta.

Se trata de una chica joven; no tendrá ni veinte años. Me recuerda mucho a alguien, aunque no podría asegurar...

—¿Quién eres? —le pregunta Phil, antes de que pueda hacerlo yo.

—Soy Aymie, Aymie Jones. O lo era cuando vivía en la Tierra.

—¡Eres la hermana de Asher Jones! —exclamo, y me cubro la boca de inmediato. He hablado tan alto que ha debido de oírseme en toda la casa.

—Exacto. Encantada de conocerte, Maggie.

La saludo con la cabeza porque me he quedado sin palabras. Estoy tan emocionada que casi se me saltan las lágrimas. Me planteo la opción de ir en busca de su hermano, pero ella me detiene.

—No estoy aquí por él, Maggie, no podrá verme. Creo que comentarle que me has conocido solo te serviría para meterte en más líos, como tú ya sospechas.

—Pero es que lo haría tan feliz poder verte...

Ella se encoge de hombros.

—No todo el mundo tiene la suerte que Phil y tú habéis tenido. Lo cierto es que él —señala al fantasma de mi marido— ha estado a punto de quedarse para siempre en el limbo, junto con Caín.

—Eso era lo que pretendía ese traidor, ¿verdad? Que le hiciera compañía para siempre.

—Me temo que sí, por eso te engañó para que te materializaras ante Maggie. —Hace una mueca con la boca al tiempo que menea la cabeza, como si lo regañara en silencio—. Los jefes estaban tan enfadados contigo que a punto estuvieron de condenarte para toda la eternidad, o para una buena parte de ella, pero, por suerte, yo he sido una niña buena y he ganado muchos puntos desde que resido en esa dimensión del universo. Por eso he podido interceder por ti.

—¿Por qué lo has hecho? Quiero decir, estoy feliz de que hayas hablado en mi favor, pero ¿por qué?

—En cuanto pusiste un pie en Bethlehem, deduje tus intenciones y lo mal que lo habías planificado todo, así que decidí brindarte una pequeña ayuda. No podía hacer mucho desde allí, así que decidí mediar ante los jefes. De todas formas, al final, te las has apañado solo. Y he de decir que lo has hecho muy bien. Conseguir que Asher y Maggie se enamoraran en tan poco tiempo no parecía nada fácil, pero tú lo has logrado y, además, con nota.

Phil le dedica una señal de agradecimiento.

—¿Estás preparado para llegar al lugar donde te quedarás para siempre?

—Espero que sea a la eterna Navidad. ¿Crees que podrá ser ahí?

—No lo dudo —le contesta ella, y le guiña un ojo.

Después, Aymie se vuelve hacia mí, esboza una sonrisa luminosa y, antes de desaparecer, me dice:

—He sido jodidamente buena, así que tengo muchos puntos para gastar con quien quiera.

No puedo no reírme. Por lo visto, la confianza en uno mismo no es solo cosa de Asher, sino que le viene de familia.

—Después de todo, no lo he hecho tan mal, ¿no te parece? —me pregunta Phil.

—Creo que lo has hecho mejor de lo que era posible.

—No me eches tanto de menos esta vez, ¿vale? Si hay algo que quiero, por encima de todas las cosas, es verte feliz. Así que, por favor, tienes que serlo, mucho. Yo lo seré. No te preocupes por mí.

—Yo lo seré también; te has encargado con creces de ello. Solo hazme un favor: no vuelvas a fiarte de nadie con nombre bíblico chungo, ¿de acuerdo? Yo he tenido mi quinta oportunidad, pero intuyo que a ti no te darán tantas. Aprovecha esta.

Mira hacia arriba; ya no me escucha.

—¿Ves como la Navidad es maravillosa, Maggie? Esto no hubiese sucedido en otra época del año. Soy tan afortunado que hasta he tenido un milagro de Navidad para mí solo.

—Y nos lo has traído a nosotros también, cielo. Nos lo has regalado a nosotros también.

Phil comienza a fundirse con la luz. Me siento feliz porque sé que, de una vez por todas, disfrutará de su eterna Navidad.

Epílogo

No me había dado cuenta de que somos gente tan ocupada

Sábado, treinta de noviembre. Un año después

—No puedo creer que, después de suspender la primera cena, hayamos tardado un año entero en ponernos de acuerdo con Stan y Tiffany. —Maggie empuja la puerta del restaurante donde hemos quedado con mis compañeros de trabajo.

—Sí, hasta ahora no me había dado cuenta de que somos gente tan ocupada. Ni de las pegas que siempre ponen esos dos.

Además de Stan y Tiffany, vendrán a cenar Pam y Louise. Al principio, la hermana de Maggie rechazó acudir a la cena; decía que no le apetecía. La convencimos porque, aunque lo niegue hasta la muerte, es igual de cotilla que su mujer y que su hermana, y quiere averiguar si mis compañeros están liados o no. Según ella, nosotros no somos capaces de detectar las señales sutiles que delatan que dos personas forman pareja, aunque yo dudo mucho de que ella sí pueda.

De todas maneras, yo nunca he asegurado que estén liados. Yo lo que digo es que Stan pierde el culo por Tiffany, pero que ella no quiere nada más allá de una relación física con él, o con otro, por lo que sé. En este aspecto, Maggie es mucho más romántica: cree que Tiffany solo se hace la dura, pero que también está por Stan; que no solo son amigos con derecho a roce. De ahí que Louise se haya ofrecido para investigar qué ocurre en realidad.

Somos los primeros en llegar al restaurante y el *maître* nos acompaña a nuestra mesa. Pedí específicamente que nos colocaran en una redonda, ya que resulta mucho más fácil charlar si podemos vernos unos a otros.

Una sonrisa asoma a la cara de Maggie y yo intuyo lo que está pensando.

—Asher, ¿este no es el mismo restaurante que…?

—Sí, el mismo —contesto, antes de que termine—. Lo elegí porque quiero ver si a Stan le funciona igual que me funcionó a mí.

Maggie pone los ojos en blanco, ese gesto tan suyo que hasta yo he interiorizado, y me da un beso en los labios.

—Ojalá pudiera presumir de que fue el restaurante el que me empujó a tus brazos, pero para nada fue así. Ya te lo he dicho.

—Al menos, déjame conservar la ilusión. Stan se merece una oportunidad con Tiffany, si es que no la ha tenido ya. Está colado por ella desde hace un millón de años.

—No sé de qué me suena eso. —Ríe con esa risa cantarina que me remueve todo por dentro.

No llevamos más de cinco minutos sentados cuando aparece Tiffany.

Como bien dice Maggie, no hemos podido quedar los cuatro (o los seis, en este caso) con anterioridad, pero sí nos hemos reunido con uno o con otro por separado.

—¡Qué frío hace! No me gusta nada este tiempo. Y pensar que mañana el pueblo empezará a llenarse de adornos de Navidad me remata. Frío y Navidad, las dos cosas que más odio en el mundo.

Se sienta junto a Maggie y ambas se estrechan la mano como saludo.

—Yo la odié durante un tiempo, pero ahora estoy ansiosa por decorar el apartamento.

—¡Es verdad! Os habéis ido a vivir juntos al fin. ¿Qué tal la convivencia? —inquiere la radióloga, con entusiasmo.

—Se puede decir que ya vivíamos juntos, solo que ahora la casa está decorada al gusto de los dos —contesta mi novia. A mí no me queda más remedio que imitar su gesto preferido y poner los ojos en blanco.

—Los chicos se mostraron encantados de cedernos su piso a cambio de la casa de Maggie. Y nosotros tenemos suficiente espacio. Incluso para los trillizos que vienen en camino.

—Ni hablar. Por eso les cedimos la casa, porque en ese piso no caben tres niños revoltosos. No pienso ejercer de abuela; soy demasiado joven para eso. Mira que le dije a Geena que no tuviera prisa…

Tiffany se ríe. Claro, ella no va a tener ese problema.

El siguiente en llegar es Stan. Nos mira a Maggie y a mí con una sonrisa; en cambio, cuando dirige la vista hacia Tiffany, su rictus se torna serio.

—¿No han llegado aún Pam y tu hermana? —pregunta. Toma asiento a mi lado, lo más lejos posible de nuestra compañera.

—No, siempre suelen ser las últimas. Además, desde que han regresado a su casa, parece como si vivieran una segunda luna de miel. Ni que yo les cortara las alas cuando vivían conmigo.

—Hombre, seguro que se sentían más cohibidas que en su propio hogar.

—Claro, estaban tan mal conmigo que por eso tardaron más de tres años en volver a su apartamento. ¡No te joroba!

Le doy un beso a Maggie; es la mejor manera de callarla cuando se embala. Además, me encantaría hacerlo todo el día.

Ella se queja de la relación de su hermana y Pam, pero no dice que la nuestra se parece más a la de un par de quinceañeros salidos que a la de una pareja de más de cincuenta. Aunque, en nuestro caso, supongo que aún se puede aplicar lo de la luna de miel.

Llevamos un año juntos, y puedo jurar que ha sido el mejor de mi vida. Cada día estoy más enamorado de ella, de su manera de ser, de su forma de pensar. No logro imaginar qué hubiese sido de mí si el año pasado no nos hubiésemos reconciliado antes de la boda de nuestros hijos.

Nunca he sido enamoradizo, y eso del amor a primera vista no era algo en lo que estuviese dispuesto a creer. Ahora me doy cuenta de lo equivocado que estaba. Maggie es el amor de mi vida, y se metió en mi corazón desde el primer momento en que la volví a ver, más de treinta años después de dejar el instituto.

Tiffany y Stan se revuelven incómodos ante la mención de las frecuentes relaciones de Pam y Louise. Cruzan una mirada que dura apenas una milésima de segundo y, después, se ignoran.

La tensión sexual entre los dos podría cortarse con un cuchillo.

Al fin hacen acto de presencia las dos que faltaban. Vienen de la mano y con una sonrisa de oreja a oreja.

—Aquí dos que ya traen los deberes hechos de casa —dice Maggie a media voz. Si pretendía que nadie la escuchase, ha fallado estrepitosamente.

La incomodidad de Stan y Tiffany es aún más patente que hace unos minutos.

—¡Ya era hora de que nos encontráramos todos! Estaba harta de ver a esta pareja por separado —dice Pam, con su habitual don para poner a la gente en un compromiso.

—Stan y yo no somos pareja, Pam —contesta Tiffany, con sequedad.

—Pronto será Navidad en Bethlehem, cariño. Los milagros navideños existen, y, si no, pregúntales a estos dos. —Nos señala.

Maggie y yo suspiramos al mismo tiempo. Mientras tanto, Stan clava su mirada en la de Tiffany y parece sonreír, aunque solo durante un segundo.

Agradecimientos

Si le preguntas a mi familia, te dirá que soy una Grinch.

Lo cierto es que no toda mi vida he sido así. Hasta hace relativamente poco, disfrutaba de la Navidad. Lo que sucede es que, a medida que han ido pasando los años, cada vez me he desencantado más de estas fechas y he ido perdiendo parte del espíritu navideño. Por nada en particular y por todo en general, supongo.

Todo esto te lo cuento para que entiendas que, debido a mi escaso interés en las fiestas, jamás se me había ocurrido escribir una novela navideña.

Este año, para no variar, participé en una iniciativa con varias autoras para animarnos a escribir. También para no variar, el grupo acabó convirtiéndose en un lugar en el que compartir vivencias, más allá del número de palabras escritas y las horas perdidas en pos de esta seudoafición que nos trae de cabeza.

En agosto, Adriana L. Swift nos reveló que iba a escribir una novela de Navidad. Como podrás imaginar, a todas nos entró la gota mortal. Con el calor apretando, pensar en nieve, chocolate caliente y turrón era lo que menos nos apetecía. Sin embargo, ella nos animó, nos aconsejó, y algunas, que somos muy «culo inquieto», nos decidimos a intentarlo.

Ahora, se lo tengo que agradecer infinito, porque ese experimento no solo me ha llevado a escribir este libro que sujetas en tus manos, sino que, además, me ha ayudado a recordar con cuánto anhelo suspiraba yo hace solo unos años para que llegaran estas fechas.

Así que el primer agradecimiento de hoy es para Adriana L. Swift, una amante de la Navidad que me ha recordado que a mí también me encantan estas fiestas y que me ha contado todos sus secretos para escribir y promocionar una novela navideña. Y, encima, también ha ejercido de lectora cero, por lo que la gratitud es doble. Gracias a toneladas, Adriana.

Otra persona a la que debo agradecer que esté a mi lado es Irene Moya. Nuestras sesiones de Pomodoro/escritura son, además de productivas, una lluvia de ideas constante. No sé si sabes a qué me refiero, pero si has visto alguno de nuestros directos en Instagram, intuyo que sí.

A Marisa Gallen, Teresa Gámez y Teresa Gutiérrez, mis lectoras cero de cabecera, se han unido en esta ocasión Tammy M White, Luisa Aznar (de @mipequeñorincon) y Jessica Danvers. Esta última, además, ha sido, junto con Ygritte Berlana, mi asesora en cuestiones de fútbol americano, por lo que, si algo te suena raro, es todo culpa suya.

¡Na! No es verdad; más bien será porque yo soy muy limitada con los deportes. A todas ellas tendría que ponerles un monumento. Porque me han ayudado muchísimo, tanto con mis indecisiones como escuchando más de media docena de finales alternativos y aceptando sin rechistar el que les he impuesto a última hora.

A las chicas de #Lacomunidadromantica de Telegram. Por el *egun on* de cada mañana, por hacer piña de la manera en que lo hacen, por haberse acostumbrado a los subgrupos y por haberme ayudado a recuperar las ganas de escribir. Gracias infinitas.

A Marien Fernández Sabariego, de ADYMA Design, por la portada, que me tiene enamorada, y a Érika Gael, por su paciencia con mis escritos en bruto y por el resultado que obtengo después de que mi manuscrito pase por sus manos. Millones de gracias.

Como siempre, a Jeroni, Andreu y Maria, por permitirme robarles horas juntos para hacer algo que me llena tanto, como es escribir. Os quiero desde aquí hasta la luna y vuelta infinitas veces.

Y, por último, y más importante, a ti, que quizás has conocido mi obra con este libro, o bien ya me habías leído antes. Gracias, millones de gracias por llegar hasta aquí.

Sinopsis

Odio la Navidad. La culpa la tiene mi marido, por abandonarme y romper la promesa que una vez nos hicimos.

Por si eso fuera poco, mi hija ha decidido casarse el veinticinco de diciembre; como no podía ser de otra forma, heredó la pasión de su padre por las guirnaldas de luces, los elfos y las galletas de jengibre.

¡Como si el año no tuviera más días!

Para colmo, mi mejor amiga y mi hermana se han empeñado en buscarme pareja a través de una aplicación de citas.

«Lo que necesitas es echar un polvo, no tienes que casarte con él», dicen.

Yo no estoy segura de que eso sea lo que deseo, y menos en estas fechas.

Aunque a lo mejor pruebo...

Sumérgete en esta divertida comedia romántica y deja que la magia de la Navidad que habita entre sus páginas te caliente el corazón como un buen chocolate cargadito de nubes.

Printed by Amazon Italia Logistica S.r.l.
Torrazza Piemonte (TO), Italy

54301433R00150